池袋ウエストゲートパーク7

G少年冬戰爭

石田衣良
ISHIDA IRA
江裕真——譯

〔導讀〕石田衣良的世界

新井一二三

一九九七年，石田衣良以《池袋西口公園》登上日本文壇，並獲得了該年的「ＡＬＬ讀物推理小說新人獎」。至今七年（二〇〇五），作者以及作品的發展都相當可觀。石田不停地發表多部短篇、長篇作品，二〇〇三年以《4 TEEN》一書贏得了第一二九屆直木獎，乃日本最有權威的大眾小說獎；有目共睹，他是當前在日本最活躍的作家之一。至於作品，《池袋西口公園》不僅化身為漫畫、電視劇、暢銷ＤＶＤ，而且發展成系列小說，已經有四本書問世，第五部也在雜誌上發表過了。

石田衣良於一九六〇年三月二十八日在東京江戶川區出生，從小喜歡看書，學生時代每年看一千本書，也就是每天平均二點七本；從成蹊大學經濟學系畢業以後，任職於廣告公司，跟著成為獨立文案家；《池袋西口公園》是他發表的第一部小說。

有一次訪問中，石田說，三十七歲那年忽然開始寫小說，是受了女性雜誌《CREA》刊登的星座算命的影響。一決定要做小說家，他採取的步伐非常具體、現實：調查好各文學新人獎的投稿規定和截稿日期，並且開始埋頭寫作。

雖然最初以推理作品獲得了獎賞，但是從一開始，他就寫各類不同性質的小說；除了「ＡＬＬ讀物推理小說新人獎」以外，「日本恐怖文學大獎」和以純文學作品為對象的「朝日文學新人獎」等，石田全去投稿，而在每個地方都引起了審查人的注意。

直木獎作品《4 TEEN》是關於四個初中生的故事；他寫的戀愛小說很受女性讀者的歡迎；以金融界為背景的小說拍成了電視劇。石田衣良的作品世界真是五花八門。

日本小說家，《文藝春秋》創辦人菊池寬曾經說：純文學和大眾文學的區別在於，前者是作家為自己寫的，後者則是為別人寫的。從這角度來看，石田衣良可以說是天生的大眾文學作家。什麼形式的小說，他都會寫，同時能夠保持自己一貫的風格。

《池袋西口公園》本來是一部短篇小說，乃池袋西口水果店的兒子，十九歲的真島誠與當地夥伴們做業餘偵探的故事。

日文原名《池袋（IKEBUKURO）WEST GATE PARK》起得非常巧妙，特有喚起力。在東京人的印象中，池袋一貫是很土氣的三流繁華區；沒有銀座的高貴、六本木的洋氣、澀谷的時髦、新宿的次文化；連地標六十層高的陽光城大樓也蓋在巢鴨監獄舊址上，也就是第二次世界大戰後，日本戰犯被關押處刑的場所，自然不會有歡樂的聯想。但是，一改用英語把西口公園說成「WEST GATE PARK」，簡直忽而出現了全新的年輕人活動區一般，特會刺激讀者的好奇心。

那形象，實際上是作者的創造。他在訪問中說：其實對池袋並不熟悉，只是曾在上下班路上經過的地點而已；作品中，對西口一帶風化店的描寫很詳細，但也並沒有實地採訪過。如果是真的，他想像力之豐富真令人為之咋舌。不過，他也承認，去哪兒都隨身帶有照相機，看到什麼都記錄下來。

一九九〇年代以後，日本經濟長期不景氣，很多青年看不到希望，過著無為的日子。真島誠和他的夥伴們，就是這麼一種年輕人。他母親開的那種水果店，也是東京人都很熟悉的，主要生意是騙醉鬼的錢。高中畢業就不上學、不上班的真島誠，從主流社會來看是個小流氓，理應缺乏正統、健全的倫理觀念。然而，一面對夥伴們或社區的危機，他卻表現得非常精明、勇敢，甚至像個英雄——雖然是三流繁華區的。

《池袋西口公園》最大的魅力，是作者以寬容、溫暖的文筆描寫著這批年輕人。作品中，幾乎沒有一個人是健康、幸福的。家庭暴力、校內暴力、神經失調、援交、亂倫、嗜毒、賣淫、非法外勞、不孕症……大家都有過不可告人的悲慘經歷、精神創傷。他們之間的來往，當初只有兩種：要麼是同病相憐，或者是徹底對抗。但是，隨著小說系列化，真島誠他們幫助的對象也開始包括老年人、殘障人士、小孩子等等的社會弱者。故事一方面保持著青年黑暗小說的架構，另一方面獲得社會、人情小說的味道。石田衣良的手藝真不簡單。

他說：二十多歲時候，曾經有一段時間情緒低落，把自己關在房間裡長期沒出來；後來經過自我訓練，逐漸對社會適應了。我們從他作品看得出來，因為有過痛苦的經歷，他是特會理解別人之苦楚的。

一九八〇年代，日本社會進入後現代階段。純文學等傳統文藝形式對年輕一代人不再有大影響力了。反之，漫畫、卡通、電腦遊戲等成為年輕人共同的文化經驗。在文學領域，內容、情節類似於漫畫的「公仔（characte）小說」流行於年輕男女圈子；其特點是，讀者認同於登場人物，像網絡遊戲一般地投入於故事發展中。

雖然石田衣良是擁有多數大人讀者的傳統小說家，但是他的代表作《池袋西口公園》對年輕人的影響之大，倒彷彿「公仔小說」。他們以英文短稱「IWGP」言及作品；認同於真島誠、安藤崇、齊藤（猴子）富士男、森永和範、水野俊司等主要登場人物之一；從電視劇到漫畫到小說，跨媒體地享受作品。

《動物化的後現代》的作者，一九七一年出生的哲學家、評論家東浩紀指出：「公仔小說」擁有資料庫形式，像某些卡通片一般，登場人物可以無限增大，情節也可以永遠發達，但是始終在一個關閉的故事空間裡。作為大都會青春推理小說出發的「IWGP」系列，似乎在走這一條路。

例如，石田衣良的另一部小說《紅．黑》的別名是「池袋西口公園外傳」。在池袋發生的賭場利潤搶奪案小說，不是由真島誠講述的，而牽涉到他老同學，缺左手無名指頭的黑社會成員齊藤（猴子）富士男。作者說，因為他想多寫點猴子，一時離開《池袋西口公園》而另寫了《紅．黑》，但始終在「IWGP」世界裡。

石田衣良寫的小說，除了「IWGP」之外，《4 TEEN》也以月島為背景，用巧妙的文筆寫下了現代東京的都市景觀。這一點非常有趣。因為他說，曾看過的幾萬本書當中，對他印象最深刻的日本小說家是永井荷風和川端康成。眾所周知：荷風是酷愛東京的老一代文人，尤其對江戶遺風愛得要死。川端也有一段時間熱心地描寫過淺草——當年東京最繁華的鬧區。

總之，關於石田衣良作品，我們可以從好多不同的角度討論下去。不過，他畢竟剛出道不久，年紀也不很大（常帶韓國明星般的笑容出現於各媒體），今後會發表好多作品；目前下任何結論都太早了。無論如何，對這一代日本年輕人來說，「IWGP」無疑成為他們永遠不會忘記的青春插話了。看完了這本書，我相信你也一定會同意。

二〇〇四年八月十日
於東京國立

〔導讀〕作家貴公子

曾志成

作家如果也有階層，石田衣良顯然屬於「作家貴公子」這一階層。貓般的男人，是我對石田衣良的第一印象，石田氏招牌瞇瞇眼以及溫文儒雅表情，不知迷死了多少日本讀者。連最近超人氣年輕實力派男優妻夫木聰都跳出來說自己是石田粉絲，可見石田衣良小說風靡已成為文學界年度流行話題。

三十七歲那年，石田衣良意外獲得《ＡＬＬ讀物推理小說新人賞》副賞（ＡＬＬ讀物：文藝春秋出版社發行的文藝誌。ＡＬＬ讀物推理小說新人賞：該雜誌推理小說部門的公募新人賞），應募代表作《池袋西口公園》（池袋ウエストゲートパーク）一舉成名，該作品被改編成電視劇後，石田衣良開始走紅日本文壇。該賞獎金五十萬日圓，全葬在一次搬家費用。

石田衣良生於東京下町江戶川區，身體流淌著不安定血液，離家獨居以來，曾在橫濱、二子玉川、月島、町屋、神樂坂、目白等地多處遷徙，樂此不疲。石田衣良的作品中充滿了東京某町的特殊情懷，即使不是出生之地，在他居住一段期間後，町所屬的氣味自然融入，成為作家的血肉。石田衣良帶著NIKON F80相機恣意捕捉各町樣貌，池袋與秋葉原便在隨機狀態下被收入文字之中，發展成看似獨立、實則相連的「池袋西口公園系列」。

以真實街景為小說舞台，描繪青少年主人公變異的成長；青春期的苦澀空洞，一直是石田衣良關注的焦點。二〇〇一年出版的《娼年》，石田衣良便透露：「要是誰說自己二十歲時活得非常快樂，這種人的話絕不可信！」

活在青春陰影之中，石田衣良從成蹊大學經濟學部畢業後，患有輕微對人恐懼症，放棄投靠朝九晚五上班族行列。二十五歲以前的石田衣良玩過股票，幹過地下鐵工事、倉庫工人、保全人員、家庭教師，全憑自我意志；三十歲後正式進入廣告界就職，結束青春放浪生活，成為一名靠寫字維生的廣告文案。

寫字工作輕而易舉，獨立門戶後石田衣良搖身一變成為廣告文案蘇活族，每天只需在家工作兩、三小時，生活便可無憂無慮。但年輕時肉體勞動的烙印沒有因此消失，中年的石田衣良突發奇想動筆寫小說，單純只為緬懷自己的憂患青春期。

以作家風格來論，石田衣良不擅長灑狗血。過了血氣方剛之年，得到優渥生活保障後才動筆寫小說的石田衣良，沒有憤世嫉俗，下筆冷靜，保持中立眼光觀看生活周遭。面對單刀直入的戀愛題材，石田衣良以過盡千帆的哀愁詮釋「大人（おとな）戀愛」（成熟、穩重的戀愛）。

與石田衣良初次相遇，短篇小說集《Slow Goodbye》（スローグッドバイ）正好擺在池袋東口淳久堂書店一樓的醒目位置，這本被譽為「珠玉短篇」的小說吸引了我。那時我的日本語還停留在「讀不太懂小說」的階段，沿著石田衣良的文字軌跡，逐字讀完其中某篇，文字意象鮮明地鑲在腦海。看似平凡的愛情逐漸壯大起來，石田衣良的文字簡單冷調柔軟易讀，使人無防備地一頭栽進他所設計的二十代（二十歲以上未滿三十歲的年齡層）男女愛情物語陷阱。與《Slow Goodbye》一樣處理戀愛題材的新作《一磅的悲傷》（1ポンドの悲しみ），主人公設定轉移到三十代都會男女，石田衣良以這兩本作品劃出日本都會二十代與三十代男女的愛情代溝。

乾淨冷調，是許多人讀完石田衣良小說後的讚歎。即使像《娼年》處理男妓題材，文字一點也不猥褻，反而異常透明美麗，這跟石田衣良文字被喻為POP文體脫不了關係。POP文體以輕口吻描述重口味，但此文體輕得有趣的文字卻有著壓倒性力量，現代日本文學在眼前這一代慢慢起了變化，石田衣良的寫作風格符合了當今文學潮流。

從東口淳久堂書店出發，穿過一個長形地下道就可抵達西口，池袋的精采在東口西口北口交織的三角地帶匯集。其中所屬的中心地帶要算是池袋西口公園了。這裡是石田衣良「池袋西口公園系列」磅礴小說的發展場所。

曾在池袋混過半年日本語言學校的我，對池袋環境再熟悉不過，常在語言學校早課過後，帶著一杯咖啡跟一塊麵包呆坐在池袋西口公園噴水池旁，觀看人來人往。東京的都市發展史上，池袋與澀谷並列為七〇年代東京「若者」（young people）之町，混雜程度與新宿不相上下，新宿與澀谷已被太多作品描寫過，從池袋發跡的青少年次文化，與其獨特的幫派械鬥系譜，在石田衣良筆下逐一展開的同時，池袋的特殊氣味有了象徵性意義。「池袋西口公園系列」不僅是石田衣良代表作，更是一窺池袋次文化的最佳窗口。

池袋西口公園的臥虎藏龍，表面上無法察覺，「池袋西口公園系列」彷彿把藏在池袋內裡的祕事掀了開來，身為讀者的我對池袋的移情從這一刻開始作用。曾到過的熱鬧商店街，穿越過情人旅館小巷，活生生觸及的池袋路人甲乙丙丁，隨著主人公真島誠的帶領，跌進了一個人情味四溢的未知推理世界。

活躍在這部青春小說裡的主人公雖然邊緣，卻散發著正義感與人性純粹光輝，石田衣良青春小說的迷人之處就在於此。流連於池袋街頭的邊緣族群：風俗孃（風塵女子），流浪漢，非法滯留的外國人、流氓組織、整天無所事事青少年，在這個活動場域交織出彼此共通的生命樣貌。「池袋西口公園系列」試圖以更新鮮的敘事方式，處理少女賣春、不登校（蹺課）、嗑藥、同儕虐待事件等等當今日本青少年問題，這些正是我所親眼目睹並理解到的東京盛場（都會鬧區）文化，非常重要的關鍵部分。

石田衣良並非少年得志，缺乏作家在成名前「十年寒窗苦寫無人問」的悲苦經歷，中年初試啼聲便贏得眾多喝采與文學賞肯定，石田衣良作品廣泛被日本讀者接受的程度遠遠超乎作者自身想像。

《娼年》、《池袋西口公園之三：骨音》先後被列為直木賞候補作品，《4 TEEN》終於如願摘下第一二九回直木賞，並已改編成電視劇上映。受到直木賞三度眷戀的石田衣良，作品文字仍然輕盈，口味卻要愈來愈多樣，避開冷僻純文學，朝大眾作家之路邁進。

目次

池袋ウエストゲートパーク

要町電話男

我們的世界是何時分裂成兩半的呢？

一邊是日光照得到的地方，另一邊和陽光完全隔絕。冰冷的地獄與南國的樂園只有一步之遙，居住在那裡的是極少數得天獨厚的人，大部分則是運氣不好的傢伙。

某些大企業的社長曾經在電視記者會上說：「不論如何，揮汗工作仍然值得尊敬。」不過就連只有高工畢業的我也知道，他們的公司是藉由「連乾毛巾都要拿來擰一擰」的裁員手段，業績才得以回升。這些被人用過就丟的打工族或約聘員工，即使工作得滿頭大汗，未來也毫無保障可言，更不用說加入年金保險了。他們揮汗如雨，從事著單純的勞力工作，生活在一個年收入兩百萬圓的無情世界裡。

他們無法向任何人抱怨，只能悽慘地在世上任人踢來踢去，最後還被某大學教授貼上「下流社會」的標籤，認為這群人既無工作意願，也沒有進取心與生存下去的希望。我們以這種簡單到不行的方式把人區分開來，二話不說將他們捨棄。只要貼上標籤就安心了，整理、分類之後，就可以堆到倉庫裡。尼特族❶、打工族、繭居族❷、御宅族，這個社會正以百萬人為單位拋棄這群年輕人。

我先聲明，我可不是什麼社會改革家，也不是像切．格瓦拉❸那樣的共產主義者，純粹是因為眼見池袋街道漸漸失去光澤、變得黯淡，實在讓我看不下去。年輕人的眼底失去了光采，變成無數個挖空的

❶ 即NEET（Not in Employment, Education or Training），指結束義務教育後，不升學、不就業、不進修或參加就業輔導，整天無所事事的人。

❷ 個性封閉、經常關在家裡足不出戶，也不關心外界的人。可能有不易參與社交活動、個性退縮等特質。

❸ Che Guevara：阿根廷裔、古巴馬克思主義革命領導人。曾於一九五九年協助卡斯楚推翻獨裁者巴蒂斯塔，取得古巴政權。西方媒體稱之為「紅色羅賓漢」。於一九六七年在玻利維亞宣傳革命、組織游擊隊時遭到逮捕並處決。

洞。我只能一面顧店，一面看著這樣的景象。因為除了池袋以外，我沒別的地方可去。

不過有件事大家都忘了。

不論是誰，都不會永遠處於挨打狀態。遭人用過就丟的多數派之中，一定會出現一些人集結力量反擊回去，而且用的是層次極低的手法。畢竟，任誰都會想將自己所受的懲罰加諸別人身上。復仇永遠是甜美的。

他們以不怎麼靈光的腦袋思考，認為之所以被人踢來踢去，只是因為自己太弱而已。既然如此，下次就找比自己還弱的傢伙，再踢他們的肚子就行了。愛怎麼踢，就怎麼踢。

弱小的傢伙從更弱小的傢伙身上奪走東西，這種事就發生在社長們看不見的世界裡。

今年的冬天異常寒冷。我已經很久沒在我們家的水果行前鏟雪了，久到完全沒有記憶。東京的雪只有第一天很美，再來就只剩滿地泥濘，不值一提。整個池袋站前，因為茶色的殘雪而變得濕漉漉的。由於我很怕冷，所以管它什麼氣候異常，我還是喜歡暖冬幾十倍。

不過再怎麼嚴酷的冬天，也會有結束的時候，這是春天的奇蹟。或許你會認為那是理所當然的呀！但請試著在三月的某個早晨醒來之後，任由那一年春天最初的和風吹拂全身。這種每年都會降臨的奇蹟，實在令人陶醉。

當時我正在水果行門口，對於第二十幾次到來的春天而感動。我先將產季即將結束的熊本與愛媛柑橘沿著人行道擺好，再把剛上市的甲州枇杷與草莓一一陳列在內側平台的絕佳位置。

店裡的電視，播放著上午十一點半的新聞。

豊島區西巢鴨的獨居老人自殺了。

聽到這個地名，我抬起頭看向店內的電視。螢幕上有張失焦的黑白照片，勉強看得出是個老婦人。平塚亭（七十三歲）。

平塚女士有輕微的認知症❹，據說幾天前遇到轉帳詐騙，從那之後就十分沮喪。警視廳正全力追緝該詐騙集團的下落。

此時畫面播出的是一棟年紀比我還大的木造灰泥公寓，同時還有跑馬燈的說明。老婦人因為轉帳詐騙而自殺嗎？她在那個昏暗的地方一個人生活、一個人死去。如果死的是我，新聞報導的背景畫面會變成既明亮又髒亂、給人奇妙感覺的西一番街嗎？感覺很有我的風格，或許還不錯。女主播的聲音突然開朗起來。

❹日本將「老年痴呆症」稱為「老年認知症」。

那麼，接下來是幼稚園小朋友在春天的媽媽牧場擠奶的報導。

我對乳牛或幼稚園小朋友沒什麼興趣，回頭繼續做開店的準備工作。

❦

在我完全忘記看過什麼新聞的隔天上午，接到了那通電話。我們店裡的生意不是很好，所以只要兩天進一次貨就好了。那天上午十點多，我還躺在二樓四疊半的房間裡，在被窩裡翻來翻去，此時手機響了。確認來電顯示，是隱藏號碼。會是哪個地方的哪個傢伙打來的？

「喂？」

傳來俐落的年輕男子聲音。

「不好意思，真島誠先生在嗎？」

從他的說話方式就可以聽出這不是我任何一個朋友。因為在我認識的人之中，沒有人能夠把敬語用得這麼像樣。

「是我沒錯，你是誰？」

「很抱歉，我還不能告訴您。不過能否請您先聽我說一下呢？」

這是手機購物推銷的最新手法嗎？我從墊被上抬起了上半身。

「可以是可以，你找我有什麼事？」

「我們聽說，真島先生願意不收費用，幫忙解決池袋這裡發生的麻煩。這是真的嗎？」

跟偵訊沒兩樣。我體內的警鈴被觸動了。

「這個嘛，你說呢？我好像做過這樣的事。」

對方很沉著，毫不畏怯地說：

「這個問題可能有點尷尬，我們知道您很難回答。不過根據街頭的傳言，真島先生在北東京堪稱是最厲害的麻煩終結者。」

為什麼這種正面的傳言都不會傳到我這裡來呢？真是不可思議。

「因此，我們有一個請求，想請您將某個年輕人從極度的困境之中拯救出來。」

ㄎㄨˋㄣㄐㄧㄥˋ！這個詞我就算會唸，也不知道該怎麼寫。

「是什麼樣的麻煩呢？」

我總算聽出他話裡的意思了。如果是要委託我什麼，早點講不就行了嘛。

「那個年輕人加入了一個從事非法活動的社團。最近發生在西巢鴨的老人自殺事件，真島先生知道嗎？」

我的眼前浮現一棟昏暗的木造公寓，還有那張看不清長相的黑白大頭照。

「你說的社團活動是轉帳詐騙嗎？」

「是的，我們稱之為『免費公司』。委託人希望脫離那家公司，但是社長和某些難纏人物有關係，以目前的狀況來看，他想離開沒那麼容易。」

說到和轉帳詐騙公司有關係的「難纏人物」，一定就是黑道了。這次的工作似乎又是我不擅長的那一類。不過這也算是個好機會，可以趁機活動一下因為寒冷而怠惰很久的身體。我在薄薄的墊被上站起來，對他說：

「我現在還無法決定要不要接受委託。必須先和委託人好好談過之後，才能做決定，愈快愈好。那個男的今天下午有時間嗎？」

對方立刻回答：

「他們公司的忙碌尖峰時段聽說是下午兩點到四點。在那之前，委託人應該有空。我們會跟他聯絡，請他直接打給真島先生。」

最忙碌的尖峰時段與白天的八卦節目時段重疊，轉帳詐騙真是一份不可思議的工作。

「我知道了。」

接著，我問了一個始終很在意的問題。

「對了，你是誰？」

男子以恭敬到不能再恭敬的語氣回答：

「我們是一個以支援打工族、尼特族自立為宗旨的NPO❺法人，叫做Wide World。那麼，就麻煩您了。」

呼，總覺得這個男的好詭異。

五分鐘後，下一通電話響起。當時我的一隻腳正穿過牛仔褲。

「喂？」

「是真島先生嗎？有人要我打這支電話。」

委託人似乎很快就打來了。

「聽說你想脫離轉帳詐騙集團？」

男子以一副沒自信的口吻說：

「是的，可是社長他……」

我的另一隻腳也穿進了這件很舊的牛仔褲。只用一隻手，實在很難扣上褲子前面的扣子。

「我知道，和某個組織有關係是吧。幾點可以碰面？地點在西口公園。」

「果然還是要當面談才行嗎？可是我很不擅長和別人交談。」

這個小鬼還真是麻煩。我的聲音不由得變得冷淡。

「你很擅長打轉帳詐騙的電話，卻不擅長和人面對面是嗎？」

「沒錯，就是因為不擅長和人接觸，我才會選擇打電話的工作。」

真是讓人受不了的詐欺師。

「總之，十一點你到圓形廣場的長椅來。」

說完，我立刻掛掉電話。與其打手機或寫電子郵件，我寧可直接碰面聊。畢竟，人和人彼此交換的

---

❺ 全名Non-Profit Organization，即「非營利組織」。

並不只是單純的情報而已，還有很多無法靠電波傳送的東西，例如對方的為人、體溫、氣味等等。

趁著出門之前的一點點時間，我播放了貝多芬第五號小提琴奏鳴曲《春》。聽起來開朗且快活，在貝多芬的十首小提琴奏鳴曲之中，它最具有女性特質。寫出這支曲子時，音樂巨人貝多芬不過才三十多歲而已，還沒有神經衰弱或憂鬱的毛病，俐落而奔放地將旋律發揮得淋漓盡致。任何人是不是只要上了年紀，像這樣的事就會變得很困難呢？

我跟老媽講一聲就出門了。走在西一番街上，一邊吹著口哨，旋律是《春》的小提琴第一樂章。你看，我是不是正經得出乎你意料之外？但是，為什麼上班族只要一看到我走近，就會閃避到人行道的另一側呢？真是莫名其妙的舉動。

春天的西口公園仍然一如以往，在這個季節裡，即使是噴水池冒出來的水都給人一種柔潤的感覺。原本那些似乎快要凍僵、相互貼著羽毛取暖的鴿子也展開灰色的旗幟，在東京副都心的空中盤旋。十一點剛過，我在鋼管椅坐下。如果在冬天，這一行為可說是勇氣十足，畢竟不鏽鋼冰冷得足以讓人凍僵。

我的視線轉向四面八方，六成以上的長椅都坐了人。翹班的上班族、待會兒要去上課的學生、一直待在這裡的流浪漢。到處都看不到像是打那通電話的小鬼。我放鬆地坐在長椅上，腿伸得直直的，盡情沐浴在春天的陽光裡。

手機在上午第三度響起。以我的手機而言，這樣算是極度活躍了。

「那個，不好意思。」

是剛才那個小鬼的聲音。

「我還是很難跟你當面談。我實在很不擅長和活生生的人接觸，不過我已經在西口公園附近了。」

我不由得嘆了口氣。

「像你這樣，真的能夠勝任轉帳詐騙的工作嗎？」

小鬼以鬧彆扭的聲音說：

「你自己還不是被我騙過一次了。」

「咦？」

接著，小鬼的聲音突然變了，變成剛才那個NPO法人的男子。

「委託人在公司裡表現得相當優秀，我想這也是他無法擺脫社長的原因之一。他似乎很擅長因應不同的對手，即興表演一套戲碼。」

我大笑出來。原來如此，無論什麼工作都有所謂的適不適任。

「我知道啦，算你得一分！不過如果我完全不知道你的樣子，也很難跟你聊啊。你到公園來，在圓形廣場找一張離我最遠的長椅坐下也可以。然後我再跟你談。」

我又掛了電話。總覺得如果光靠手機交談，只會被那傢伙牽著鼻子走而已。我確認了來電記錄，是隱藏號碼。

那個小鬼沒什麼明顯的特徵，穿著黑色牛仔褲與灰色連帽外套，針織帽拉到眼睛上方。我看見距離這張長椅大約六十公尺左右的地方，那傢伙打開手機撥號。因此來電鈴聲一響起，我立刻知道是委託人。

「我是阿誠。」

「我叫高梘陽兒。不好意思，用了這麼麻煩的方式。但是到底要怎樣才能讓你認真聽我說，我真的想了很久。」

我凝視著語氣單調的電話男。從最早的NPO男子到剛才那個缺乏自信的小鬼，現在似乎出現了第三種性格。陽兒在電話裡，究竟可以變身成幾種人呢？

「現在的你，是真正的你嗎？」

變色龍在圓形廣場的對側發出短促一笑。

「我自己也不知道。從以前開始，我只要一打電話，就能自由自在地變身成無數的人。」

「這樣呀。所以，你天生就適合轉帳詐騙這一行囉。」

「我自己也這麼認為。直到昨天為止。」

自殺的那個老人……西巢鴨距離池袋不遠。

「在那之前，你沒有任何想法嗎？」

「嗯。」

我的措詞變得有點嚴厲。

「為什麼？」

「我們社長常說，公司的工作對於日本經濟有幫助。」

轉帳詐騙有助於經濟的活絡？這真是現代經濟學的新說法。

「真島先生知道六十歲以上國民的平均儲蓄額是多少嗎？」

我說我不知道。

「據說是兩千三百萬圓左右，這筆錢不是沉睡在銀行，就是躺在衣櫃裡。我們從老人家那裡把錢弄來，再拿去好好地消費，這樣可以促使經濟活絡起來。」

我想了一下自己的存款，和平均儲蓄額相差兩位數；四十年後，我似乎也存不到那麼多錢。那些被騙走的錢，應該是老人家一輩子努力掙來、視之如命的財產。

「少說這種自私的話，被詐騙的人做何感想？」

他在長椅上低下頭，但是聲音很冷靜。

「又不會怎麼樣。我們並沒有騙光所有的錢，只不過要他們匯個幾百萬圓而已。他們或許會很火大，但那也算是很好的教訓，學會『不能輕信別人』。又不是明天就活不下去了。我和公司裡的夥伴原本都這麼認為。」

他陷入沉默。我替那傢伙把他說不出口的話講完。

「直到昨天為止是吧？」

電話男的聲音裡，第一次出現痛苦的感覺。

「沒錯，直到昨天為止。那個奶奶有個孫子——這個世上到處都找得到這種名單，告訴你『某個老人家有個孫子』。」

真是可怕的世界。這樣的話，應該也有一種名單，列出像我這類愛好古典樂、人長得帥卻沒有女人、年收入在平均值以下的健康男子囉。這種名單可以拿來做什麼生意啊？推銷歌劇還是色情按摩？我甩開腦中的幻想，問他：

「你打電話到獨居者的家裡？」

「不，不是我。最先使用預付卡手機的是『負責哭的』。」

「負責哭的？」

真是什麼工作都有。隸屬於詐騙公司「負責哭的」，那有「負責笑的」嗎？

「由負責哭的先打電話，告訴對方『發生車禍了，事情很棘手』，接著開始低聲啜泣、驚慌失措。總之，假裝在哭就行了。這個角色大多是由腦筋不好的傢伙扮演的。趁對方還沒有完全搞清楚狀況，接下來就換我上場了。轉帳詐騙是一種團隊合作。」

「一講電話，你的腦子似乎就動得很快。接下來應該就是最重要的角色，是吧？」

陽兒有點得意洋洋地說：

「這個角色需要具備因應各種狀況的演技，以及一點專業知識。在轉帳詐騙中，二棒打者是最強的，必須扮演各種角色，像是警察、保險公司職員、律師之類的。一邊表示同情，一邊公事公辦地告知對方需要多少和解金。」

真不敢相信，只憑這點程度的做法就能騙到錢。

「光是這樣，就能夠順利進行嗎？」

「嗯，還有其他扮演被害者或醫生角色的人會等在電話旁邊。順利的話，只到第二棒為止，後面的人都不用出馬了。每天只要根據名單打一、兩百通電話，其中總會有幾個容易被騙的人，就像昨天那個奶奶一樣。」

總算回到了原來的話題。

「我演的是趕到車禍現場的警察。我說，雖然警方不能介入民事，但您的孫子實在太可憐了，我很同情。在和她通話的過程裡，我就摸透她的底細了。那個奶奶的孫子似乎有輕微智障，偏離常態的傢伙在日本都生活得很辛苦。她的孫子似乎好不容易才找到工作，好像是做麵包的，奶奶很怕孫子丟掉工作。然後，我就告訴她匯款帳號。」

智障的孫子與罹患初期認知症的奶奶……情況似乎變得棘手。陽兒的聲音變小了。

「我說，進口車的車頭半毀，修理費用預估要三百二十萬圓。」

「這樣呀。」

「當天，車手就從銀行把錢領出來，扣除給他的百分之六報酬，公司淨賺三百萬。唔，車手是外包的，大多是一些缺錢又愛玩的人或是主婦之類的。我們公司雖然只有五個人，但是每個月的業績目標是一千萬圓。多虧了這一票，我們達成了三月份的業績標準。那天晚上，社長請我們去吃特等肋排。」

我抬頭看著副都心公園上方隱約透著藍色的春季天空。在這片天空之下，有無數的人活著。有犯罪與清白無辜的人，有行為端正與犯錯的人，該怎麼區分呢？我對著廣場對側的陽兒說：

「聽到那則新聞時，你有什麼感覺？不要以任何角色回答，盡可能以你自己的身分回答我。要不要接受這次委託，全看你的答案決定。」

雖然他在電話裡能變身成任何人，似乎還是很難回答這個問題。陽兒嘆了口氣說：

「我很震驚。真島先生或許不懂，轉詐帳騙就像遊戲一樣。房間裡聚集的都是年輕人，大家一起嬉鬧、一起工作。那個房間裡有預付卡手機、名冊，以及轉帳詐騙手冊，那是一份光靠這些就能開始進行的簡單工作，賺到的錢全部進了黑道的口袋。我們的公司很出色，每個月都能達成業績目標，大多數時候都像社團活動一樣開心。但是到了昨天，一切都變了。雖然社長說偶爾也會有這種事發生，叫我們不要在意，但自從聽到那則新聞之後，我就完全無法再打電話了。我的電話說不定會奪走一個人的生命。一想到這裡，我就幹不下去，可是公司卻不放我走。」

我抬頭看著頭上的櫸樹，細小的嫩葉透著水色。

「你從剛才就喊著社長、社長，那傢伙是什麼樣的人？年紀多大？」

陽兒暫時調整了一下呼吸，回答我：

「他叫淺川達也，在池袋這裡似乎一直就是專門幹壞事的。我記得他二十六歲吧。好像和池袋的地下世界也有聯繫。他說每個月會繳保護費，是營收的三成。」

我想像著二十六歲的年輕社長，感覺上比起二十多歲的水果行店員帥氣。不過黑道也太好賺了吧，自己什麼都沒做，就可以拿走別人的三成收入。雖然說是「保護」，但轉帳詐騙這種東西應該不會發生什麼麻煩吧？只要掛掉電話，一切就結束了，而且預付卡手機又無法追蹤。

「公司的成員都這麼年輕嗎？」

「嗯，年紀最大的是社長，其他人都是二十到二十四歲，只有負責哭的那個是十幾歲吧。」

說是「社團活動」，搞不好真的是如此。這麼年輕就賺進大把鈔票，搞不好是很快樂的事。

「為什麼不能說你想辭職呢？」

陽兒變成了哭聲。

「我們公司的規定跟鐵一樣硬。背叛者會遭到凌虐，而且社長搞不好會叫黑道的人找個地方把我埋掉。無論是逃跑、獨立，或是把工作的詳細內容告訴警察，都會遭到嚴懲，就算有幾條命都不夠死。」

小鬼似乎都愛講這種話，雖然通常只是口頭威脅而已。

「真的有人遭到這樣的對待嗎？」

「不，目前還沒有。可是，我們公司有個員工就很慘。他被別的公司挖走，據說社長和黑道的人跑到那家公司，把大樓砸得亂七八糟，裡頭的員工也全部被打得鼻青臉腫。」

真是沒救了。在池袋街上晃盪的小鬼，好不容易找到一份工作，固然保證高薪，公司背地裡卻和黑道掛鉤，從事真正的專業詐騙。雖然那個小鬼原本也不是什麼正派的傢伙就是了。

不過諸如此類的故事，這幾年我在街頭已經聽到耳朵都要爛了。小鬼的失業率居高不下，也難怪會奮不顧身撲向眼前的鈔票。

我看向圓形廣場的對側。

「陽兒，你是真心想離開公司嗎？」

「真的。」

「你不會再從事轉帳詐騙了？」

「不會。」

我從鋼管長椅站起來，緩步走在呈同心圓狀散開的石板路上，漸漸靠近他。

「雖然不知道能幫你什麼，但是我會試試。不要用預付卡打給我，告訴我真正的手機號碼。」

陽兒遲疑了一下。大概是有一種會被脫個精光的感覺吧？只要有手機號碼，他的本名、住址、年齡，以及其他的個人情報都查得出來。地下世界的情報網，只要肯出錢，什麼都有可能查到。

「知道了，你先掛電話。」

我切掉手機。灰色連帽外套的小鬼從長椅站起來，邊走邊用另一支手機選號碼。我的手機響了。

「這是我的私人手機。這樣一來我就毫無退路了呢。」

「沒錯，你要走出地下世界，回到光明之中。」

我們邊走邊講，彼此的距離漸漸縮小。我和電話男在圓形廣場中央面對面。到了可以看見他眼底的距離時，我把電話掛了。

「嘿，叫我阿誠就行了。」

「知道了，阿誠。我是高槻。我想你已經知道了，我的專長是講電話。」

然後我們握了手。出乎意料之外，電話男的手相當溫暖。

這次，我們並肩坐在同一張長椅上。

「那阿誠打算怎麼做？我這裡有一些可以動用的資金。」

我什麼都還沒想到，所以隨口胡謅：

「向警察密報是最簡單的。在你逃走的時候，警察會處理公司的事，把他們統統抓起來。」

陽兒以一種不屑的眼神看著我。

「你這樣也算是本領高強的麻煩終結者嗎？那樣的話，我會在全國被通緝吧。即使暫時沒事、沒人找到我，但進監獄的那些傢伙也會知道是我出賣了他們。總有一天，我會被他們報復的。到時就是地獄了。」

我在長椅上伸懶腰。

「我知道這個想法行不通啦。我才剛接受你的委託，哪可能想出什麼妙計？我會再跟你聯絡。從今天起，你就別再搞轉帳詐騙了。就說感冒了什麼的，不要去上班。」

陽兒點點頭，站了起來。

「知道了。阿誠，拜託你了。」

他圓鼓鼓的灰色背影，逐漸遠離春意盎然的西口公園。時間剛過中午，我從長椅上站起來，朝著大都會廣場前進。到Tsubame Grill❻吃個漢堡再回家好了，或許順便逛逛HMV❼。

---

❻一九三〇年在東京新橋車站內創立的餐廳，以煎烤漢堡聞名，原名「日本遊覽協會食堂部」。為了紀念創立那年有一班特快車「特急Tsubame」開始由東京發車，後來該列車不再停靠新橋站，餐廳才改名。

❼一間源自英國、最早為生產留聲機的全球連鎖唱片店，店名是His Master's Voice（牠的主人的聲音）的縮寫。

我在音樂雜誌中讀到，顧爾達❽在二十五年前錄製的莫札特鋼琴奏鳴曲，現在已經找到了，值得一聽。

在這麼美好的季節裡，我才不想聽什麼昏暗又艱澀的音樂。

那天下午，我一面聽著乍聽之下很純粹、其實閃閃發亮的鋼琴奏鳴曲，一面顧店。我試著從各種角度思考，最重要的是那個二十六歲的社長，究竟是什麼樣的人？在他背後撐腰的組織，到底是什麼來頭？畢竟他是每個月上繳三百萬圓以上的優良企業小弟，對方毫無疑問會拚死保護他。

到了傍晚，我拿出手機。時間是下午五點半，轉帳詐騙最忙碌的時段應該已經結束了。我選了陽兒的號碼。

「我是阿誠，現在方便說話嗎？」

陽兒的聲音背後傳來街上的噪音。

「可以呀，我已經離開公司了。」

有件事我一直很在意，所以試著問他：

「你們的辦公室是什麼樣的地方？」

「就是一般的短期租賃公寓，每三個月會搬一次。」

雖然都是公司，但是營業內容違法的公司，畢竟不太一樣。

「這樣呀。對了，社長他，呃，是不是叫淺川來著？在他背後撐腰的組織，你知道是哪一掛的嗎？」

「我不是很清楚，社長沒有把那方面的人介紹給員工。我們只知道他要上繳一筆錢。反正社長認識的，大概是幾個小嘍囉吧？」

果然是以流氓為本業。即使陽兒公司的人全數遭到警察逮捕，只要切掉組織的末端就沒事了。這種制度的設計，讓警方動不了上頭的人。

「那麼，陽兒你那邊有沒有什麼方法，可以查出公司背後是什麼黑道組織？」

「就算有方法，這麼可怕的角色我可演不來。只要流氓記住你的長相，就沒辦法馬上抽身了吧。」

「我知道了。那告訴我辦公室的地址。」

陽兒告訴我的地址，是位於要町的一棟短期租賃公寓。

「還有公司所有成員的名字，以及他們各自的角色。」

我攤開外送訂貨用的單子，以鉛筆寫下公司成員的資料。雖然是只有五人的公司，每個人還是有像樣的職稱。

淺川社長之下的第二把交椅，是古田恭介專務（二十四歲）。我把其他兩名一般董事的名字也寫下來。

---

❽ Friedrich Gulda：奧地利鋼琴家，一九八〇年曾錄製多首莫札特的鋼琴奏鳴曲，母帶卻不翼而飛，二十多年後才從當時錄在錄音帶上的音源轉錄為作品發行。

那天，我一直思考到半夜。我最想調查的是替淺川撐腰的，到底隸屬哪個組織。只有一個方法可以查出撐腰的流氓是誰——引發某種麻煩，看看對方有什麼行動。

我在大半夜拿出手機，打給池袋的孩子王，安藤崇。電話另一端傳來新年以來首次聽到、冰一般的聲音。

「這次又是什麼麻煩？」

這傢伙老是不懂得來點季節問候語。我好整以暇地說：

「今年一定要去賞花。不帶部下，也不帶女人，只有我和你。」

池袋的兩大型男，在立教通觀賞染井吉野櫻。國王完全沒興趣。

「三秒鐘之內，如果沒有要緊的事，我就要掛了。一、二……」

「等等，這次是轉帳詐騙。」

他的聲音稍微變得柔和，大概是覺得有趣了吧。

「那倒還不壞。」

「崇仔，你知道在西巢鴨有個獨居老人自殺的事件嗎？」

「不知道。你說吧。」

我把從陽兒那裡聽來的情報，連同新聞的內容全講給崇仔聽，也講了員工平均年齡二十二歲的轉帳詐騙公司，以及有某個組織從中收取費用的事。

「那麼，阿誠希望G少年做什麼？」

我咧嘴笑著說：

「假扮流氓。」

崇仔也毫不掩飾地笑了。

「好像很有趣。」

「我就說吧。我希望崇仔幫我嚇唬一下對方，質問那個社長是在誰的許可下，在池袋工作的。」

崇仔的聲音變得更冷，似乎是願意加入了。

「然後，看看那家公司有什麼反應？」

「沒錯。讓他們動搖，引出背後的關係。無論如何，如果不知道背後是誰，就無法擬定接下來的作戰計畫。」

「知道了。什麼時候？」

「明天。」

掛掉手機之前，池袋的國王說：

「我很擅長演壞人，對吧？」

「你那不叫演技，是如實演出吧？」

崇仔好像想說什麼，但我立刻以革命般的感覺，猛然掛掉國王的電話。

隔天上午，陽兒用手機將公司成員的照片寄來了。雖然每個月要付很高的通話費，但在這種時候，手機實在很方便。那張照片裡頭，轉帳詐騙的四個員工在太陽60通的高級燒肉店，圍著特等帶骨肋排坐著。淺川皮膚黝黑，以髮蠟把短髮弄得直直豎起，是個體格好、像是牛郎的男子。他的旁邊則是長髮視覺系的專務古田。據說兩人總是一起行動。

下午三點半，賓士休旅車停在水果行門口。貼著隔熱紙的車窗降下來，崇仔向我老媽問好。

「午安，我借一下阿誠。」

真是奇妙，這傢伙明明是街頭幫派的國王，卻很善於掌握老人家的心。每次只要我拋下顧店工作都會不停碎唸的老媽，聽了他的話竟然笑逐顏開。她都這把年紀了，依然是外貌協會的成員。

「阿誠，你幫G少年帶些吃的去吧。喏，那邊那個瓦楞紙箱。」

老媽以下巴指向一只裝著半打甲州網紋香瓜的銀箱子。太逞強了。不過如果我不照著指示去做，敵人馬上就會不高興。我默默地把高級香瓜抱在胸前，朝著賓士車走去。崇仔以爽朗得詭異的聲音說：

「謝謝，母親大人！」

莫名其妙！怎麼會有這種令人作嘔的虛擬母子關係！

休旅車發動了，除了崇仔之外，車子裡還坐著三名G少年。每個小鬼都很魁梧，跟突擊部隊沒兩樣。連手背都刺青，也太嚇人了吧！他們都戴著一樣的貝雷帽，直直地盯著我看。是在和我打招呼吧？別看我這樣，我可是出乎你們意料之外的膽小，而且我最討厭暴力和動武了。

「開到要町。」

司機的貝雷帽往下一點，這輛總重量少說超過兩噸的休旅車，緩緩地往前駛去。不過要町就在池袋隔壁，坐地鐵只有一站而已。幾分鐘後我們就抵達住宅區，找到那棟短期租賃公寓。

那是一棟除了整面白色磁磚、什麼也沒有的四層建築。這個時間不會有什麼人出入，不論是要町或其他的住宅區都一樣——上班的人還在公司，主婦則在觀賞下午八卦節目的後半段。

我們將賓士車停在狹窄的巷子裡，等著轉帳詐騙公司的社長出來。

最先從白色建築的玻璃門走出來的是陽兒，時間是四點半。我事先告訴他車種，因此他稍微瞄了賓士車一眼，然後經過車子旁邊，朝著有樂町線的要町站走去。看著他沐浴在夕陽下的背影拿出手機，我的來電鈴聲響了。

「他們快出來了。今天社長和專務兩人好像在商量什麼事，可能很難等到只有淺川社長一個人的時機。」

「知道了。」

掛斷手機，我默默伸出兩根手指。崇仔作夢般地說道：

「一個人或兩個人都一樣，只要讓他們打從心裡害怕就行了吧？」

正是如此。說到要讓別人害怕，池袋沒有任何人會懷疑國王安藤崇的能力。

十五分鐘之後，社長和專務出來了，兩個人都穿著黑色的緊身西裝，大概是克麗絲汀・迪奧（Christian Dior）的吧。剪裁那麼棒的西裝，竟然穿在儀態這麼差的小鬼身上。兩人手插在口袋裡，朝著車站走去。賓士車緩緩跟在他們後面。就在他們快要走到大馬路前，車子突然加速，擋住了兩人去路。四扇門一起打開，崇仔與G少年衝了出去。

「幹嘛啊，你們這些人？」

二十六歲的社長那張黝黑的臉大叫出來。崇仔的聲音像冰柱一樣銳利：

「老子啦，老子！你不認識嗎!?」

我在賓士車裡壓低聲音偷笑。崇仔似乎天生就有表演之類的才能。社長焦急地叫道：

「開什麼玩笑！你們是誰啊？」

剩下的三個人雙手在胸前交叉，直挺挺地站著。國王說：

「老子啦，老子！你們在池袋混，不認得我的長相嗎？我問你們，是誰准你們在池袋搞轉帳詐騙的？你這蠢蛋！」

崇仔在講到「轉帳詐騙」的時候，還故意環顧四周、放大音量。顯然，社長害怕了。

「我說，你們到底是誰？」

崇仔鬧脾氣般地說：

「你傷到老子的自尊了。在池袋不知道G少年的小鬼，你還是第一個。」

出乎崇仔的預期，G少年的名號帶來了如同電擊般的效果。社長與專務臉色發青，腳尖改變了方向，像是馬上要逃走。

「是不是有什麼誤會？我們沒做什麼轉帳詐騙，只是普通的上班族啊。」

社長突然擺出低姿態。崇仔依然磨著冰刀說：

「內情全曝光了，你們是社長淺川和專務古田吧。是誰准你們在池袋混的？不知道要來找我們拜碼頭嗎？既然這樣，要不要和我們一起坐車兜個風？」

崇仔直盯著淺川的臉。他的眼睛完全讀不出任何情感，就連我，有時也分不清他是開玩笑還是當真的。淺川似乎已經有了覺悟。

「我們也有靠山，是一個不輸G少年的組織。」

「哪一掛的？報上名來聽聽！」

崇仔的演戲功力實在高人一等。即使由我來講，也沒辦法說得這麼順吧。

「羽澤組系冰高組。」

真是出乎意料的發展，竟然是由猴子擔任涉外部長的池袋地下世界三大組織之一。崇仔似乎也很訝異，反應比平常慢了半拍。

「這樣呀。冰高組是嗎？那當你們靠山的人，叫什麼名字？」

「本部長岩瀨先生。你們這群人這樣找我們的碴，以為可以沒事嗎？」

社長似乎突然找回了元氣。其中一名G少年說：

「國王，要不要暫時收手？」

專務那張視覺系的臉皺了起來，拉拉社長的袖子說：

「淺川先生，我想就此打住比較好。G少年的各位，我們會請冰高組和你們交涉。不好意思，今天請容我們先走一步。」

專務似乎很有處理事情的能力。他行了個禮，迅速走回原路，舉起右手攔下路過的計程車，把社長推進去。最後他朝崇仔的方向鞠了個躬，自己也消失在黃色車子裡。

坐在賓士車回家的路上，我馬上打給猴子。涉外部長今天也很威風。

「幹嘛呀，阿誠？找我喝酒嗎？」

猴子帶我去過高級俱樂部。那種光是坐下來就要價五萬圓的店，我一個人絕對去不了。

「不，這次是和工作有關的事。你們本部長叫岩瀨是嗎？」

「嗯，岩瀨叔叔很疼我。他怎麼了？」

我把池袋的轉帳詐騙社團和保護費的事情告訴他。猴子默默聽著，最後說道：

「每個月三百萬圓很多耶。雖然我沒聽過這種詐騙的事，但是流氓對於自己的財源嘴巴都很緊，搞不好是真的。」

這樣的話，事情似乎會變得很棘手。不能只為了讓陽兒逃走，就把簽訂和平協定的羽澤組與G少年捲進抗爭之中。

「總之，你先幫我向那位本部長確認有沒有保護費這件事。」

「知道了。」

掛掉電話之前，我說：

「喂，猴子，今年要不要崇仔、我、你三個人一起去賞花？」

涉外部長開心地說：

「好啊！我要帶美味便當和美酒去。」

明明本業是流氓，這傢伙卻比國王好講話得多。

隔天下午，猴子打電話來。無聲的春雨一早就下個不停，是個昏暗的一天。我迷迷糊糊地一邊顧店，一邊想著那些當不了正式員工、只能淪落到從事非法工作的小鬼們。在兩百萬名打工族之中，會有多少百分比的人成為新形態的犯罪者呢？企業將員工用過就丟，成本是節省下來了，代價卻由整個社會來承擔。加加減減等於零。

在這種灰暗的氣氛下，來電鈴聲響起。我不喜歡講電話，原本想忽視它，不過還是確認一下是誰打來的。是猴子，非接不可。

「很沉悶的雨呢。」

「你在說什麼啊，阿誠。我被叔叔罵了啦，他叫我不要傳這種亂七八糟的假消息。」

我不懂他的意思。那可是動用了崇仔和G少年的力量，讓對方害怕到骨子裡才得到的情報。

「岩瀨叔叔說，他不知道什麼轉帳詐騙的事。如果是那些傢伙擅自盜用他的名義，他不會饒過他們。」

我聽得一頭霧水。昨天淺川的恐懼不可能是假的。即便如此，背後是不是還有什麼隱情呢？

「和冰高組絕對沒有任何關係嗎？」

「你很煩耶！這是岩瀨先生講的啊！他說，好好教訓那些傢伙一頓也沒關係，隨便G少年怎麼做。」

沒有所謂「保不保護」的問題。他都已經這樣說了，那家公司似乎確實與岩瀨本部長沒有關係。我在無法理解的狀況下，先向猴子道了謝。

「我打這通電話，你可要占個賞花的好位置謝謝我啊。」

我回答OK，掛掉了手機。為人正派、喜好玩樂、最愛賞花的猴子，怎麼會去當什麼流氓呢？我們在選擇職業時，憑藉的總是心血來潮。

⚜

我立刻撥了一通電話。陽兒接起來，馬上問我：

「社長是和哪個組織有關係？」

我把崇仔的脅迫行動與猴子的調查結果告訴他。淺川所說的黑道保護，根本是虛構的。

「我也不懂這是怎麼回事。陽兒，你有任何頭緒嗎？」

電話那頭沉默下來，微微聽得到雨聲，他應該是撐著傘走在要町的某條街上吧。

「原來是這樣呀……」

陽兒的聲音像是硬擠出來似的。

「怎麼回事？」

「淺川那傢伙騙了我們，一開始就沒有什麼黑道撐腰啊，阿誠。他聲稱那是保護費，把三成的收入據為己有，剩下的才五個人一起分。一切都是社長自導自演。」

我明明一手拿著手機，卻差點要鼓掌了。這樣的話，事情就說得通了。像是轉帳詐騙這類安全的工作，一開始就不需要什麼保護。

「阿誠，謝謝你。」

陽兒以平靜的聲音說道。

「如果那傢伙沒有靠山，就一點也不可怕了。我會好好找他談，辭掉工作。」

「等一下。」

他以冷靜的聲音回答：

「不，我不想等了。今天我就提辭呈，離開轉帳詐騙公司。很謝謝你，我會再打給你。」

電話突然掛斷了，原本在耳際響著的柔和雨聲也聽不見了。陽兒的直率既讓我目眩，也讓我覺得有點危險。不過那是他的人生，我不能阻止他以自己的力量去開拓。

於是，我努力將心裡的不祥預感壓抑下來。事後想想，或許不要讓他一個人去辭職比較好。

不過如果站在他的立場，我也一定會做同樣的事就是了。

自從那天之後，我連續三天都聯絡不到陽兒。

我再怎麼打，他的手機都沒有回應。這麼一來，就完全無法與電話男取得聯繫了。我不知道他住在哪裡，除了直接向公司那邊確認陽兒是否平安，沒有別的辦法。

在春日的晴朗氣候裡，只有我的神經發出陣陣絞痛，就連喜歡的音樂也完全聽不下去了。反覆播放那麼多次的莫札特，現在變成如同砂子般的音粒，發出沙沙聲並漸漸灑落。

第四天早上，來電鈴聲響起。當時我正焦躁地進行平常的開店準備，手機那頭傳來陽兒的聲音。

「除了講電話之外，我果然只會做蠢事。」

我對著手機大叫：

「你沒事吧？我很擔心啊。你現在人在哪？」

陽兒沙啞的聲音笑了。

「不要一次問我這麼多問題。我算是沒事了，不過現在人在醫院。」

「哪一家？」

陽兒目前在一間位於下落合的急救醫院。他一直住在那裡，似乎昨天下午才恢復意識。

「他們把我的手機弄壞了，所以沒辦法和阿誠聯絡。不好意思，讓你擔心了。」

「沒關係，待會兒我去你那裡，你再跟我說發生了什麼事吧。」

接著，我只花了五分鐘，就將原本懶散做著的開店工作完成了。和老媽打聲招呼後，我飛奔到西一番街上。有個可以行動的目標是相當美好的，畢竟沒有任何事會比掛念著某人的消息造成更大的內傷。

我把日產小貨卡停在急救醫院前的停車場，問了外科的病房在哪裡，就直接搭醫院特有的緩慢電梯上了三樓，沿著陽光充足的明亮走廊往裡面走，找到了三〇六號房。我走進門口敞開的四人房，看見陽兒躺在靠窗的床位。他全身都是繃帶，活像一具木乃伊。

他的臉上有幾塊色彩鮮豔的瘀青，嘴唇邊縫了黑線，看起來好像很痛。我把帶來探病的一袋枇杷放在旁邊的小桌上。

「他們把你打得很慘呢。」

我在鋼管椅上坐下。陽兒笑了笑，以指尖按住嘴唇。

「今天能不能不要講笑話？笑的時候最痛。」

「知道啦。發生什麼事？」

陽兒茫然地看著窗外。下落合這一帶，是中上階層的住宅區。閑靜的街道上，有幾株新綠的樹木零散分布著。

「我太笨了，心想既然沒有流氓撐腰，社長就沒什麼可怕的了。所以阿誠打電話給我的那天，我就直接去談判。在我講出『你根本沒有靠山、你騙了我們大家』的時候，淺川的臉色變了。我把想講的話全部說出來，就辭掉工作回家了。」

「這樣呀。」

我看著全身包在繃帶裡的電話男，這是他以勇氣換來的代價。陽兒以一種擠出來似的聲音說：

「我是隔天遇襲的。當時我想出門去附近的便利商店買便當，他們坐在黑色箱型車裡，有四個男的襲擊我，一陣混亂之後，他們把我綁起來丟到箱型車後面，然後把我載去雜司谷靈園。」

電話男的聲音在發抖。他的臉上浮現血色，斑駁的瘀青變色了。

「我本來以為他們會殺了我。他們用木頭和特殊警棍痛毆，我只能彎著身體拚命忍耐。不過對我來說，最重的一擊是手機被搶走，折成兩半……沒辦法求援了……誰也聯絡不上……完全絕望。」

最後平安無事，真是太好了。很多轉帳詐騙集團確實都採取鐵血政策，所以他原本也可能被埋在某座山裡，這樣就不會去跟警察告密了。陽兒以沙啞的聲音說：

「可是，他們對於殺人畢竟還是有點疑慮。淺川抓著我的頭髮，把我的臉轉向他，警告我『不准把這件事告訴任何人。要是報警，下次就殺掉你。如果把沒有靠山的事告訴公司其他人，也是一樣。現在把你逐出公司，要是想活命，嘴巴就閉緊一點』，然後……」

我靜靜地催他說下去。

「然後？」

「他在我臉上吐口水，說『你是個廢物，除了講電話以外，一無可取』。」

「這樣呀。」

我和陽兒暫時陷入沉默。此時，醫院外頭的街道上，似乎有一輛回收廢棄物品的貨車開過，傳來「免費幫您收走不需要的電腦、電視、音響」的廣播聲。

⚜

該怎麼處理淺川那傢伙呢？在那之前，有件事必須先確認。

「坐在黑色箱型車裡的男子，都是些什麼樣的人？」

陽兒露出不可思議的表情。

「什麼樣的人？就和我或阿誠一樣，很普通的年輕人。」

「應該不是正牌流氓吧？」

我仍然不排除與黑道有關的可能性。

「我看過其中一人的長相，是在公司慶祝會續攤的時候，好像是以前和淺川一起混的壞朋友。他不是什麼正牌流氓，氣勢完全不能比。」

我凝視著陽兒的眼睛問道：

「你希望怎麼處理淺川？」

他緩緩嘆了口氣說：

「躺在這張病床上，我不知道想到那傢伙多少次。在我的腦海中已經殺死他幾十次了。不過事實上我並不想這麼做，只要讓他承受和我一樣的慘痛經驗，再讓他的公司倒掉，應該就夠了。」

我向他咧嘴而笑。

「唔，差不多就是這樣吧。陽兒你何時出院？」

「明天就能出院了。雖然斷了三根肋骨，但是醫院也不能做什麼，只能等它自然復原。」

「了解。下次就輪到我們發動攻擊了。」

陽兒在床上抬起上半身，看著我。

「這樣的話，動作要快一點，辦公室下個星期又要換地方，差不多快滿三個月了。要是公司一搬家，就很難追查淺川的去向了。」

那天是星期二，這個星期只剩三天就結束了。由於銀行營業時間之類的因素，轉帳詐騙也週休二日。我想了幾種作戰計畫，隔天就做出結論：最簡單的方法最好。思考這類點子的時候，最好的背景音樂莫過於如剃刀般鋒利、顧爾達演奏的莫札特鋼琴協奏曲。

星期三我打給崇仔，電話那頭傳來國王威嚴的聲音。

「什麼事？」

「明天借我六名菁英。」

「承蒙光顧。」

我跟他說了淺川和公司的事——他口中的黑道靠山只是虛張聲勢，社長淺川將三成的保護費據為己有。也提到陽兒遇襲的事。崇仔以鼻子發出「嗯、嗯」的聲音，點頭說道：

「知道了。那要怎麼做？」

我把這個簡單到不行的計畫講給他聽。

「什麼嘛，這樣不是幾乎沒有我的戲分嗎？」

沒辦法啊！畢竟對方是使用手機的詐騙集團，完全不是武鬥派。和崇仔講完之後，我撥了猴子的號碼。

隔天是個萬里無雲的春日。這種暖和的天氣再持續下去，不久櫻花就會開了吧。下午三點，我們在要町集合，這個連陽光也打著盹的時間，正是轉帳詐騙忙著賺錢的時段。賓士休旅車和新型多功能休旅車上，分別坐著G少年的武鬥派六人，以及我和崇仔。陽兒離職之後，公司剩下四名成員，我們的戰力充足到可以兩個打一個。

這天上午，我們已經多次確認陽兒所畫的出租公寓內部地圖，以及四〇二號室的隔間圖，也向陽兒借了房間的預備鑰匙。所以我就說啦，這次的任務簡單到爆。

「嗯，出動吧。」

崇仔以冰冷的聲音說著，走下賓士車的後座，沉默不語、一身黑色運動外衣的G少年們也跟著下車。應該幾乎不會用到武器吧？我們只帶了改造電擊器和特殊警棍而已。

一身黑的六個小鬼聚集在短期公寓的狹窄入口處。我從連帽外套的口袋裡拿出備分鑰匙，插入自動鎖裡，玻璃自動門開了。

G少年形成一股黑色的奔流，無聲地從安全梯往上衝。

大家在四〇二號室前集合。崇仔對我點了頭，我也向他回點。除了我們兩個以外，所有成員都蹲在外側走廊上，以確保不會有人從外頭看到。G少年們都以黑色的印花大手帕遮住半張臉。

我悄聲地偷偷打開鎖。問題在於門鏈有沒有拉上，我們為此還準備了跟小孩子手臂等長的破壞剪。

我緩緩拉開鋼門，鏈條沒拉上，破舊的運動鞋和黑色皮鞋散亂地放在狹窄的玄關。崇仔以冰一般的聲音小聲說道：

「GO。」

G少年穿過昏暗筆直的走廊，一起擁入內側的起居室。當我和崇仔進去之後，他們幾乎已經完全控制住這家公司了。

有著一副黝黑牛郎臉的淺川倒在地板上，視覺系的專務古田、負責哭的岸武彥，以及扮演被害者角色的山西澄夫三人都被趕到房間的角落跪坐著。淺川不愧是社長，雙手都已經被反綁、全身發抖了，還要虛張聲勢。

「你們對老子做這種事，以為會沒事嗎？」

崇仔咧嘴笑了，以視線詢問我，我向他點了頭。沒有任何預備動作，他的白色工程師靴前端立刻踢進了淺川的側腹。轉帳詐騙的社長先是像蝦子一樣弓起身體，接著像蝸牛一樣捲得圓圓的。

「給我閉嘴，淺川。」

崇仔的聲音使得初春的房內溫度下降十度以上。但是淺川還不死心，喘著氣說道：

「我們、公司的靠山，你知道是誰嗎？我要讓、你們這些傢伙、無法在、池袋街上走。」

崇仔再度抬起頭詢問我可不可以繼續，我連忙阻止。如果放任他繼續下去，淺川的肋骨會全部斷掉吧。我拿出手機，高舉著讓淺川看到。

「知道了啦，關東贊和會羽澤組系冰高組本部長岩瀨先生對吧？你給我等著。」

我打給猴子。手機事先就設定好使用免持聽筒的擴音功能。

「這是我朋友，擔任冰高組涉外部長的齊藤富士男。猴子，可以囉，你講吧。」

透過手機，猴子拔尖的音調在室內播放。

「是哪個小鬼每個月上繳三百萬圓給我們本部長啊？你們這些傢伙，不要小看真正的黑道！我們根本沒收錢，誰要當你的靠山！我叔叔岩瀨先生在這裡，那個叫淺川什麼的小鬼，你倒是說說看！」

倒在地上被綁著的淺川，臉上表情開始變得很有趣，一個不輸崇仔的冷酷聲音從手機裡傳了出來。

「我是本部長岩瀨。淺川，你做出這種不規矩的事，打算怎麼收拾？擅自盜用我的名義做生意，你知道會怎麼樣吧，喂！」

淺川開始發抖。

「今後我會好好把錢繳上去，拜託今天就放我一馬。我會很努力工作，請您把這筆錢拿去。」

對待陽兒那種比自己弱的人，就徹底欺負；對待實力強的人，就搖尾乞憐。雖然說世上的人都是這樣，但是親眼看見這種場面，我還是很想吐。岩瀨說：

「你們那邊可以自由處理淺川，沒關係。這件事我完全不管，你們就好好報復他吧。」

手機掛斷了，短期租賃公寓突然安靜下來。最先開口的是專務古田。

「社長，他說我們沒有把錢繳上去，這是怎麼回事？」

我聳聳肩說：

「你們社長很貪心，騙你們說是交給黑道的保護費，結果把收入的三成據為己有。」

古田那張爽朗的視覺系臉孔扭曲起來，大吼道：

「你要我們啊，淺川！」

「請安靜一點，不然會造成其他住戶的困擾。陽兒發現了保護費的詭計，也是淺川把他打得進醫院的。」

我往房間的角落移動，在三個小鬼前蹲下來。他們就像會在街上搭訕的那種小混混，一點都不像是武鬥派。即便如此，對於自己應得的報酬，他們還是很敏感吧。三個人狠狠地瞪著淺川。

「你們幾個，打算怎麼處理淺川？我們是可以代替你們教訓他，但也可以交給你們來做。不過在岩瀨先生的眼前，可不能教訓得不夠徹底啊。」

披頭散髮的視覺系專務說：

「可以交給我們處理嗎？淺川對我們一直都是使喚來、使喚去的。讓我們來動手，可以吧？」

他徵詢其他兩人的意見。負責哭的和扮演被害者的，立刻點了頭。我站起來，向崇仔說：

「這樣應該夠了吧。」

國王點點頭，其中一名G少年拿東西塞住了淺川的嘴。崇仔像是送玩具給小孩子似的說：

「都放下，我們走吧。」

地板上放了三根不鏽鋼製的特殊警棍，前端有一粒直徑兩公分的鋼球，棍柄的部分是可以吸收衝擊力道的橡膠泡棉握把。另外還有大小和薄型電視搖控器差不多的改造電擊器，由於更換了高電量的電池，所以握把處以黑色膠布纏得又鼓又醜。

崇仔若無其事地說：

「不要打頭和肚子。你們也不想變成殺人犯吧？手和腳的話，就隨便你們了。」

國王的手指一彈，G少年們像是被海浪捲走的砂子，被吸到玄關去了。離開房間之前，我最後看到的畫面是在地板上發出微微光芒的銀色特殊警棍。專務正以細細的手指，緩緩地抓向警棍的握把。

賓士車緩緩地開在春天的池袋街頭。

「老是麻煩你，不好意思，崇仔。」

崇仔的視線停留在窗外。

「不會，阿誠是我的上賓，這次也是很順利的好工作。」

陽兒把藉由轉帳詐騙存到的錢，提供一部分給G少年作為報酬。

「這次這樣做，應該可以吧？」

崇仔冷冷地笑著，緩緩點了頭。

「唔，尤其是把淺川交給他那些部下來處理的部分，實在是太酷了。如果是交給G少年的成員來做的話，比較沒什麼意思，那個男人太無聊了。」

休旅車通過西口五叉路的紅綠燈。路旁種的染井吉野櫻，樹枝上滿是細細的花苞。不久，春天就要正式到來。

「快到賞花的季節啦。猴子說，務必要找崇仔一起賞花。」

崇仔以一副不排除可能性的口氣說：

「嗯。我會考慮看看。」

賓士車停在我家水果行前。待會兒我要來賣一包五百圓的枇杷，以及一袋兩百八十圓的柑橘了。與其只靠一通電話就讓人匯幾百萬圓進來，不如低頭勤奮工作。

工作就是這樣，對吧？

幾天後，我在西口公園裡頭。坐在春天的陽光下，就像泡著暖和的溫泉。午後時分，就連金屬製的鋼管長椅也變得像電暖器一樣熱。我穿著薄薄的長袖T恤，以及褲腳有鬆緊帶的那種運動褲。T恤跟天空一樣是淡藍色的。

總算可以出門走動的陽兒坐在我身旁，脅下拄著枴杖。

「阿誠，謝謝你。」

雖然已經習慣委託人向我道謝，但是無論聽再多遍，心情還是一樣好。單純幫助別人、不收取報酬果然是件好事。

「不客氣，倒是淺川後來怎麼了？」

陽兒微微笑著說：

「好像變得跟我一樣。專務古田是個狠角色，據說用特殊警棍把淺川的腳趾全折斷了。」

真可怕的故事。一起工作的人，務必好好慎選才行。

「那其他員工呢？」

陽兒聳聳肩。

「還是一樣啊。大家只是四散在各地，再找另一家轉帳詐騙公司，重新開始工作而已。」

「這樣呀。」

也只能這樣吧。生活在不景氣的日本，他們能做的工作很有限。一方面是正式員工的名額很少，另一方面我也不認為他們願意努力去做太辛苦的工作。直到哪天被關進監獄為止，他們應該都會持續坐著轉帳詐騙的旋轉木馬吧。

「那你有什麼打算？」

「我嘛……」

電話男抬頭看著伸展到頭頂上方的櫸樹枝頭。新綠樹葉的那一頭，是青春光澤不輸它的春日天空。

「我想找找看有沒有只靠電話就能做的業務工作，像是電話祕書之類的。」

我朝他的側臉瞄了一眼。

「那很好，而且你在講電話方面很有才能，對吧？」

陽兒咧嘴一笑，改變了聲音。

「我是本部長岩瀨。那邊那個叫淺川的小鬼，隨便你們怎麼處理。」

打電話給猴子時，說話的並不是正牌的岩瀨。找本尊來幫忙的話太麻煩了，而且我也想給陽兒一個報復的機會。我們在長椅上互相擊掌。

「你把公司的那些傢伙成功地騙得團團轉。只要講電話，陽兒什麼事都做得到，所以你的新工作一定也會順利的。我認為只要有電話，什麼東西你都能賣。」

關於人的才能這種東西，實在讓人搞不懂。也有像陽兒這樣擁有特殊才能的人，唯有透過新形態的媒體，才可以有所發揮。我試著想像為數幾百萬的尼特族或打工族，要是他們全部都能找到自己的路，那就好了。

「阿誠，你今天接下來要做什麼？」

我非得遵守約定不可。

「等一下我要去占賞花的位置。」

「是哦，好像很有趣耶。」

我從長椅上站起來，拍拍屁股。

「不嫌棄的話，你也來吧？反正到晚上為止都一個人的話也很無聊。」

「好啊、好啊。」

今年的賞花，似乎只會有四個男人而已。唔，沒有女人陪伴，或許也並不那麼壞。陽兒和我在柔和地吹拂過肌膚的春風中，朝著兩側種有櫻樹的立教通走去。原本距離西口公園不到五分鐘路程的地方，現在和拄著枴杖的人一起走，反而可以看到各種景物了。

你偶爾也可以到春天的公園裡，以昆蟲般的速度走走。我想你一定會發現，被太陽曬黑的每一片石板都有它們不同的表情。不論何時前去距離自家最近的公園，緩緩散步，都會是小小的大冒險。

池袋ウエスト
ゲート
パーク

詐欺師維納斯

你碰過讓你眼睛為之一亮的美女向你搭訕嗎？

她穿著膝上二十五公分的迷你裙，以及胸口敞開的針織棉上衣，藉由新型胸罩形成的乳溝，深得足以讓深海探測艇潛進去。掛在乳溝暗影上方閃閃發亮的，是一個鑲有蘿瑞．羅德金❶鑽石的歌德式十字架。

你趕緊將視線從美女的胸口移開，看著自己常穿的那雙破舊運動鞋前緣。那是一雙帶有黑色柏油汙漬的馬來西亞製仿冒品，是在某家超市拍賣時花了一九八〇圓買的。再看看維納斯，她的腳上穿著濡濕般閃亮的絲襪，上面有菱形的網眼，不知該算是哪種花樣。那雙黑色的琺瑯細高跟鞋鞋跟有三吋之多；這樣的話，她的視線就和並不矮的你差不多高了。

那個女的將一張彩色卡片塞進你的手裡，說道：

「有一些很棒的畫作，想給你這麼一表人才的人鑑賞一下。」

上一次和女生說話，是你去豐島區公所的窗口補繳逾期的社會保險費的時候，而那也已經是三個月前的事了。雖然你能夠與常去用餐的定食店老闆娘輕鬆聊天，但她已經六十多歲了，當然不能算數。

總覺得這個女的身上有一股好聞的香味。她不光是把卡片塞進你手裡，曲線玲瓏的身體也向你靠近。女人的身體好軟，還帶有溫度，與人偶完全不同。畫廊就在附近，只是看看又不花錢，而且現在有空，也沒有預訂要做的事，那就去吧。你跟在維納斯身後，糊里糊塗地踏出了步伐。

---

❶ Loree Rodkin：美國設計師，曾擔任布萊德．彼特、莎拉．潔西卡．派克等國際巨星的經紀人，之後投身於珠寶設計，於一九八九年創辦同名品牌。

池袋東口的綠色大道兩旁，夏日的櫸樹直挺挺地往天空伸展，深綠色的葉子在副都心的空中游泳，讓你不禁覺得「好運也找上門了」。維納斯不就是幸運女神嗎？沒記錯吧？

重新審視拿在手裡的這張卡片，南國的海面上，兩隻海豚在雨後的彩虹下跳躍。大搖大擺談著戀愛的水棲哺乳類，多彩多姿、歡欣輕快的主題，角落以銀色文字寫著「喬納森・戴維斯畫展」。上面有「INVITATION」這個字，應該是什麼邀請函之類的吧。雖然是個沒聽過的畫家，但搞不好很有名。雖然根本不認識他，但你還是向這個女的表示，那是自己偏愛的藝術家。

好了，接下來會怎麼發展呢？熟悉世事的你應該已經很清楚了吧。詐欺師維納斯一口吞掉了這個「沒有女友的年數＝目前歲數」的單純男子，然後就像珍珠貝殼一樣緊閉著打不開了。男子會沉入不見天日的深海中，花上五年拚命償還貸款。

最近我總覺得很不可思議，曾幾何時，這個世界已經這麼明確地畫分為「冤大頭」與「詐欺師」兩個陣營了？街角的攔路推銷員、夜裡的牛郎與酒店小姐、不斷聲稱「可以有計畫地運用資金」的高利貸業者（催債時倒還挺紳士的），還有只在選舉時才會拚命的政客們。

曾幾何時，我們都變成這些傢伙的冤大頭了？

因此，請不要苛責剛才那個土氣的孩子。畢竟，我們所有男性都像他一樣。說起來，這個讓人受不了的世界根本不可能存在真正的維納斯。這二十幾年來我始終過著孤高的生活，就證明了這一點。

但我們心裡的某個角落總是期待著女神。

男人啊，真是一種極其愚蠢的生物。

夏天的池袋是個什麼樣的地方，搞不好你比我還清楚。自埼玉或北東京聚集而來、自以為時髦的土氣孩子們，像金花蟲一樣到處飛舞，直到黎明。你應該在《潛入、警視廳二十四小時！攝影機看到了》之類的節目中，曾經看過那些接受輔導的蹺家少年、少女吧。

夏天早上，我的第一件工作就是打掃那些小鬼留下的垃圾。其中最為惡劣的，就屬吃到一半的碗麵（免洗筷還插在裡頭）以及像是人行道磁磚印花的口香糖殘留痕跡。在晴朗的夏天早晨，可以看到這麼多諸如此類的垃圾，心情真是好到爆，對吧？

當我那天第一次看到他時，最先映入眼簾的是那雙沒聽過牌子的仿冒運動鞋。我一眼就認出來，那傢伙和我以及其他許多人都屬於這個M型社會底層的成員。

從我後腦勺向下傳來的聲音充滿著苦惱。

「你是真島誠先生嗎？」

由下往上看，依序是半壞的運動鞋、非經過昂貴加工而是自然穿破的牛仔褲，以及品味爛到不行的黃色T恤。

「是我沒錯。你的腳可以讓一讓嗎？地上還有一些口香糖殘渣。」

在西一番街水果行前面的人行道上，那傢伙慌張地向後退一步，我使勁拿著從東急手創館買來的德國製金屬刮刀把口香糖刮掉，然後站起來伸了個懶腰。

「你要找我談什麼？」

「你怎麼知道我有事要找你談？」

我把刮刀插進便利商店的塑膠袋裡。這傢伙似乎很難搞。

「如果不是陷入什麼讓人傷腦筋的麻煩之中，沒有人會來找我。」

這個男的大約二十五、六歲吧，髮型難以形容，像是把少爺頭再剪短一點，使得那張灰暗的臉龐更顯灰暗。要不要打賭，這傢伙應該沒有固定交往的女友。

「我的並不是麻煩。」

黯淡的聲音和長相很搭。真是浪費了晨間的池袋那種爽朗感。

「嗯，到底是什麼？如果要玩腦筋急轉彎，去找更閒的人玩吧。」

他一直盯著自己的腳尖。上面想必寫著能夠解開世界祕密的暗碼吧？什麼達文西還是米開朗基羅之類的，就是那樣的陰謀。

「不是麻煩，而是想知道女朋友的想法！」

他突然大聲喊道。路過的上班族與學生都被嚇了一跳，往我們這邊看。哪有人突然在這種地方把重要告白講出來啦！他滿臉通紅，身體顫抖，以一種像是從肚子擠出來的聲音重複一次：

「我想確定她真正的想法。真島先生，拜託你。」

這是怎麼回事？我既不是婚姻介紹所，也不是在雜誌之類的地方不斷亂給評論的戀愛達人。我真的只是一個晚熟、在池袋顧店的人而已。

「我知道了啦，拜託不要在我們店門口喊些奇怪的話。」

此時，我感覺到老媽的視線從店裡傳來。那是一種有如雷射偵測器般的危險壓力，而我就像一隻被來福槍瞄準的小鹿。

「阿誠，他這樣不是很純情嗎？你就先聽聽看他要講什麼。」

報告，是！主人！在我們家，老媽的命令就是一切。我對那個土氣小子說：

「只是聽聽而已。對於戀愛之類的問題，我真的很不擅長，你可別抱太高期待。」

一個土氣小子來找我做笨拙的戀愛諮詢。令人煩膩的事件就是從這裡開始的。

把店交給老媽之後，我們朝著夏天的西口公園走去。要在戶外聽人說話，早上的樹蔭底下是最棒的地點——溫度還不是那麼高，風中仍然殘留著晨間的涼意。由於圓形廣場的鋼管椅都坐滿了，我們在舞台前的樓梯坐下。遠方傳來噴水池的水柱散落的聲音。

「還沒有自我介紹，我叫做今泉清彥，在埼玉縣的工廠擔任季節工。」

然後他講了一個我聽過的精密儀器製造商名稱。

「叫我阿誠就行了。」

我問了一個白目的問題：

「你是在那裡打工嗎？」

「我是約聘員工，每半年重新簽約一次，一直無法升成正式員工。我認為自己的組裝技術在工廠排得進前十名，但是要升正式員工很難。」

這麼靈活的雇用與生產調度方式，我還是第一次聽到。不過清彥所擔心的，並不是這種不穩定的雇用形態。

「你的女朋友是誰？」

他沉默地從腰包裡拿出一張卡片，我從他手裡接過來，上面畫了很漂亮的大海、彩虹與海豚，散發著一種直達人心的力量。是一幅安全無害的畫，感覺可以掛在某家位於高原上的安養中心房間裡。

「這東西怎麼了？」

清彥變得吞吞吐吐。他聽了一下噴水池傳來的沁涼聲音。

「我的女朋友是把這幅畫賣給我的業務小姐。」

喬納森．戴維斯畫展、畫廊「Eureka❷」。兩者我都完全沒聽過。

「這家店在哪裡啊？」

「綠色大道，東口五叉路再過去一點……那個女生總是站在那裡發這張卡片，然後我就……」

經常有青春奔放、穿著緊身迷你裙套裝的女生在那一帶守株待兔。我之前也路過好幾次，但是沒有拿過她們的什麼卡片。我是在這裡出生的，身體的本能從小就告訴我，免費拿別人的東西最危險。

「然後，你跟那女人買了畫？」

清彥的眼神往下看，點點頭。將難受的部分趕快講完，對對方比較好，因此我進一步追問：

「你花了多少錢買畫？這張喬納森什麼鬼的畫。」

他難以啟齒地說：

「五十萬圓。」

這種說不上好或不好的畫，竟然要價五十萬圓。我大感驚訝，看著清彥。他的頭依然低著，舉起右手並伸出三根手指。我不懂這個手勢代表什麼。

「什麼意思啊？」

清彥以一種似乎也很受不了自己的口吻說：

「一幅五十萬圓，買了三幅。」

「什麼啊！買那麼多？」

這個季節工，是個為了藝術而奉獻自己的贊助者。

別人的錢倒是有看過，但我自己還不曾有過一百五十萬圓這麼多錢。我不由得佩服起他來。

「工廠的薪水有這麼高嗎？」

清彥默默地搖搖頭。

「並不高。由於有的月份有工作，有的月份沒工作，換算成年收入的話，差不多是三百萬圓上下。」

這樣的話，就和我差不多嘛。和全日本的低收入者一樣，不過或許那是他多年的積蓄吧。

❷「我發現了」之意，也是阿基米德在泡澡時發現浮力定律、興奮大喊的話。

「你是拿現金買的嗎？」

「不，三幅都是貸款買的。」

這是怎麼回事？一定是我太笨了，才會難以理解。

「你就這麼喜歡喬納森什麼鬼的，喜歡到要花掉半年收入的地步？」

他又搖了搖頭。

「不是年收入的一半。」

「什麼意思？」

「貸款要付利息，由於借期很長，三幅畫的錢加起來，一共必須在五年內償還近五百萬圓。」

「那是兩年的收入啊，真的假的!?」

我用了平常不太會用的字眼：超～貴的。

「可是，買畫的事就算了，我比較擔心的是她。」

竟然擔心一個形同詐欺、以賣畫騙錢的惡質方式維生的業務小姐？這個冤大頭的腦子還清楚吧？這次，清彥從腰包裡拿出一張四個角呈圓弧形、薄薄的粉紅色名片。**Eureka池袋店客戶專員　中宮惠理依**，聽起來像是藝名。

「三幅畫都是跟這個叫做惠理依的女生買的嗎？」

清彥用力地點頭。所以他是明知故犯了。

「至少在第三次，你就應該發現這種畫不值那麼多錢了吧？」

「嗯，隱隱約約……」

我驚訝得說不出話來。這個冤大頭是自己送上門、掉進陷阱裡的。

「那你來找我商量，不是一點意義也沒有嗎？」

清彥馬上抬起頭，露出土氣小子的堅定眼神。

「可是，惠理依小姐似乎發生了什麼事。我並不覺得她是出於惡意才把那些畫賣給我的。」

公園裡的櫸樹迎風飄曳，樹葉彼此交頭接耳。

「你可真是好心啊，所以就買了三幅類似的畫？」

我說不出「你是濫好人」這句話。清彥點頭說道：

「所以，我想確認惠理依真正的想法。我聽說阿誠先生對於詐欺或近乎違法的買賣非常了解。」

最近的社會，欺騙別人、誆取財物的傢伙以極其猛烈的速度在增加，受騙的大多是沒有常識與經驗的傢伙。學校裡教學生要愛國固然很好，但最好也教教學生如何因應詐欺師，對於現實生活不是比較有幫助嗎？清彥以一副難以啟齒的表情偷瞄著我。

「幹嘛啦！有什麼事想說，你就說啊！」

「還有……希望你能夠在三天內執行。」

「為什麼？」

為了讓自己冷靜下來，我抬頭往上看。建築物之間的藍色天空高得不得了。在那片天空另一側的廣闊世界，此刻仍是繁星點點。愚蠢的人們啊。

「那個……我買最後一幅畫是在五天前，只剩下三天的鑑賞期。」

我記得鑑賞期是八天，在這段期間內都可以解約。實在是受不了他。

「那你就快點解約啊。自己去問她不就好了？而且這甚至稱不上什麼事件，不是嗎？」

清彥的頭又垂了下去。

「我沒辦法和她交談啊，而且只要一去店裡找她，我大概又會買一幅畫吧。」

這個男的真令人焦躁。

「對了，阿誠先生，你可以來看看我買的畫嗎？我家用走的就到了。」

回去顧店也挺無聊的。目前看起來也沒有比較像是麻煩的麻煩，而且又是夏日上午的好天氣。

「好啊。」

雖然還沒看就知道畫的內容了，不過看看不夠好的畫作到底是哪裡不夠好，也算是一種經驗吧，搞不好實際上是很棒的畫也說不定呢。不過我對藝術的鑑賞眼光，比起我看新鮮西瓜的眼光差得多了。

我一站起來，清彥的手機就響了。來電鈴聲是詹姆仕·布朗特❸的*You're Beautiful*。那是一首御宅族的歌，一直反覆稱讚在地鐵看到的女人「好美、好美」。

「喂，我是今泉。」

他的表情馬上變了。手機的擴音器傳來甜美的女聲，我正要說話時，清彥伸手阻止我。

「嗯，沒問題。」

那女的喋喋不休地說著，還發出笑聲。清彥臉紅了，低下頭來。

「好，我下次再去找妳。」

似乎開始進行業務推銷了，我耳朵裡傳來喬納森什麼鬼的那個單字。過了一會兒，清彥掛掉電話，對我投以朦朧的視線。

「你滿足了嗎？」

他笑了，露出難為情的表情。

「她果然會打電話來。」

「什麼意思？」

「我想一定是店裡要她這麼做的。在鑑賞期的八天內，她每天都會傳簡訊或打電話來。」

原來如此，我總算也懂了。這是一種假裝和你很好、不讓你解約的銷售手法吧。我拍拍屁股說：

「第九天之後，她還會打來嗎？」

「目前為止還沒發生。」

說完，他轉過身，走出西口公園。

窮人的腿力果然不可小覷。他所謂「就在附近」的公寓，即使快步行走也需要將近二十分鐘的時間，地點是豐島與新宿區之間的高田。他住在附有外部階梯的兩層樓公寓，位於才剛重新漆好的階梯下方、帶有潮濕感的房間。門一開，清彥說：

「裡面很窄，請進。我泡麥茶給你喝。」

❸ James Blunt：英國歌手，有「上尉詩人」之稱。二〇〇八年曾來台舉辦演唱會。

房裡曬著T恤與內衣褲。這棟公寓的年紀，大概和住在這裡的人差不多老了。陽光照不到的牆上裝飾著三幅加了美麗外框的畫，可以這樣直接釘在這棟公寓的牆壁上嗎？

「請用茶。」

我接過麥茶，遲疑了一下。這傢伙的廚房乾淨嗎？不過我的T恤已經因為汗水而黏在背上了，只好心一橫喝了它，是一杯香氣四溢的茶。

「這茶很好喝呢。」

「因為寶特瓶裝的比較貴，我都自己買來泡。」

他把待洗衣物丟到房間的角落，然後我們兩人交叉雙手，開始鑑賞現代繪畫。喬納森什麼鬼的那個傢伙，畫作的主題似乎都差不多。大海、海豚、彩虹，偶爾也有比基尼女郎。

「這看起來不太像親筆畫的。」

「這個叫石版畫。以前是用石版來畫，現在聽說幾乎都用鋁版了。惠理依小姐是這麼說的。」

「這樣呀。」

與獨居男子的昏暗房間完全不搭調的畫作。我完全不了解這三幅畫有沒有價值，唯一能說的是，就算送我，我也不要。因為我既沒有地方掛它們，也承受不起。

「最後買的畫是哪一幅？」

清彥指著海豚與比基尼女郎在浪打來時嬉鬧的那幅畫，海水的湛藍相當深邃，女子的身材也很棒。只有這幅畫還能夠拿去退。我偷瞄了一眼這個看起來懦弱的男子側臉，對他而言，業務小姐或許是很重要的人。但是如果她那麼不像話，要剝下她披著的羊皮讓他清醒，也是辦得到的。這次的工作很簡單。

「我知道了。那我試試看。」

「真的嗎？我沒有什麼錢，可能沒辦法付太多。」

「沒關係，我本來就以不收錢為原則。畢竟如果進行得不順利，要退錢也很討厭。」

我走回玄關。在畫前站太久，我差點就要開口嘲諷幾句。那是清彥花了兩年收入買來的作品，雖然覺得他很蠢，我畢竟還是說不出口。

「這件事沒有太多時間可以處理，我等一下就先去Eureka看看。」

「謝謝你。」

他的感謝相當心不在焉。關上門時，我最後又看了他一眼。他在第三幅畫前站定，呆呆地看著比基尼女郎。那個女的有那麼迷人嗎？我悄悄地反手關上公寓那扇薄薄的門。

我直接前往東口五叉路，但是因為不想再走將近三十分鐘的路，所以從目白站搭乘ＪＲ回到下一站池袋。我這個人的移動距離一向比較短。

從池袋站通往太陽60通的綠色大道是一條單向有四線道、種了行道樹的路，兩旁的高大櫸樹不斷向遠方延伸，給人一種「副都心綠色山谷」的感覺。這種氛圍或許正適合開畫廊。

她們在五叉路的路口前方設下陷阱守株待兔。穿著黑色緊身迷你裙的女子們，以自己為餌廣發卡片。我在大道的另一側稍微觀察了一下她們的動靜。

這些迷你裙女子直接放過中年以上的男人與十幾歲的小鬼，大概是因為想欺騙成年男子很困難，而十幾歲的小鬼又無法輕易借到錢吧。她們會上前搭訕的男生，似乎都是固定的類型。

不怎麼帥的年輕男子；穿著搭配有點不協調，看起來很像御宅族、身上沒有女人氣味的男生。看起來愛玩的男生（由於是在池袋站附近，這樣的小鬼很多）則被徹底排除。

感覺已經摸清敵人的狀況了。我低頭裝出陰鬱的表情，越過班馬線。這是由我這個沒人要的男生所設定出來的演技，但是如果崇仔知道了，或許會笑我吧，說我只要演自己就很像了。

土氣的公園男，阿誠。

最先跟我搭訕的，是一個眼角略有魚尾紋的亮眼美女。以A片來說的話，可能會被擺在「熟女」的架上。那個女的瞇著眼打量我，張開紅色的嘴唇，堆出大大的笑容，然後向我遞出那張卡。

「我們有很出色的畫作唷。要不要過去稍微看一下呢？」

真讓我失望。我果然還是被歸為冤大頭那一邊是嗎？她的身體貼近我，兩張臉的距離只有區區五十公分。她身上的香水味，濃到足以讓嗅覺靈敏的獵犬暈過去。

「不好意思，是朋友介紹的，有沒有一個叫做中宮惠理依的小姐？」

她雖然維持著笑容，但是手中的卡片很快地收回去。

「惠理依，有客人指名找你。」

在人行道另一側邊緣站著的女子，轉頭看向這裡。她的身材高䠷、腿很漂亮、曲線玲瓏，長相雖然不算非常美，輪廓卻很深，像是清彥第三幅畫裡的那個比基尼女郎。惠理依帶著有點困惑的笑容向我走來。唔，這種買賣很少會有客人互相介紹，會有這種反應也是理所當然。

「這位客人，您的大名是？」

我報上本名，沒什麼好隱瞞的。

「我是聽朋友今泉清彥說的，可以觀賞喬納森什麼的畫，對吧？」

惠理依似乎進入拉生意模式了。她的笑容固定在最大的角度。

「您看了喬納森・戴維斯的石版畫？很美對吧！」

我裝出害臊的樣子，別開視線。

「實在是滿棒的呀，海豚啦、比基尼啦。」

我完全想不出還有什麼可以稱讚的。惠理依拍著手開心地說：

「哇，您很有眼光喔。喬納森的海豚象徵著和平、愛與環境問題。果然有眼光的人一看，即使不用解說，也可以馬上看懂。」

好噁心的稱讚法，卻是她的業務話術。惠理依向我遞出那張卡片，我一接過卡片，她就緊抓著我的手不放。

「現在我們畫廊正在舉辦喬納森・戴維斯的畫展。正是個好機會，等一下要不要去參觀呢？」

她尖挺的胸部磨蹭著向我靠過來。我開始擔心，清彥要怎麼對付這種身體攻擊。我相當在意，會不會被誰看到我在這裡。畢竟，這裡是我土生土長的池袋，搞不好會有什麼熟人經過也說不定。

「我知道了。走吧！」

女子露出不可思議的表情，自己要求去畫廊的客人應該少之又少吧。我只是想早一秒離開那裡而已，如果被人目睹這個場面，我的粉絲（少數幾位女性）會哭的。

店面開在綠色大道旁，地板與牆壁都以黑色壓克力板包覆，裡頭擺設著無數打了燈光的石版畫。惠理依和我就像情侶一樣，挨著身體一幅一幅看過去。雖然我對於為什麼會畫這麼多海豚感到納悶，但是一成不變的海豚，似乎是他們永遠的創作主題。

惠理依一面緊貼著我的身體，一面為我介紹畫作。人類真是不可思議的動物，一旦別人拚命和你說什麼，就會不由自主輕率地回答對方。我在一幅充滿不安感的石版畫前冒出一句：

「只有這幅畫的天空是以暴風雨取代彩虹呢。」惠理依的眼睛閃閃發亮。

「您真內行。這幅作品是向某超級大國的核子試爆表達抗議，而以昏暗的烏雲作為警告。有品味的人果然馬上就看出來了。您能夠理解這幅畫的真正訊息，我很開心呢。」

被美女這麼一說，雖然明知是騙人的，卻不會覺得不舒服。這種行銷方式設計得真好。緩緩在以黑色隔間隔成的畫廊中走一圈，足足花了三十分鐘。原本以為沉悶的畫展要結束了，業務小姐又說：

「有沒有什麼您特別喜愛的作品呢？」

怎麼可能會有。我給了她一個軟釘子：

「沒有一幅讓我一眼就愛上耶。」

惠理依仍然死纏著不放。

「那在所有的作品之中，您覺得哪一幅最好呢？」

真是厲害。如果請她來幫忙賣西瓜或香瓜，客人被她這麼一纏，我們水果行的生意一定會好一倍。

我無奈地說：

「唔，暴風雨的那一幅。」

「真島先生您這麼年輕，品味卻那麼棒！」

帶我瀏覽了一圈畫廊後，她又把我帶到一個房間。有三扇看起來同樣廉價的合板門並排在一起，惠理依帶我進入左邊那間。隔著薄薄的門可以聽見說話聲，大概其他房間裡已經有人在洽談了吧。

裡頭放了一張木紋桌與四張懸臂椅，牆上掛了比較小幅的喬納森什麼鬼的畫作。這個男的究竟印了幾千張石版畫啊？她倒給我一杯涼涼的茉莉花茶，真貼心。

然後，我就被綁在那裡了。

「在喬納森．戴維斯的作品中，真島先生所選的是特別有價值的一幅。畫家本人也說這是他最有自信的一幅作品。」

我喝了一口茉莉花茶。實在不習慣這樣逛畫廊，現在全身疲累。

「您留意到那幅作品，真的很有審美眼光。」

對於我已經察覺到的事，她再向我確認了一次。惠理依把她的大胸部靠到桌上，左右扭動著身體說：

「誰的房間如果擺了那麼美的一幅石版畫，我也會好想去那裡坐坐。女生都會這麼想哦。」

那幅畫如果真的有這種威力，花多少錢我都買。我想起漫畫雜誌封底的廣告，那種只要購買特殊的能量石，就會受女生歡迎、也會中彩券的假見證。

「這樣呀？那幅畫到底多少錢呢？」

惠理依的身體探向桌面，針織棉上衣的胸口處垂了下來，可以看到深深的乳溝。我的視線之所以會看向那裡，拜託請把它當成是一種純粹的本能。

「八十萬圓。」

比清彥買的畫還貴了三十萬。

「那樣太貴了，我買不起。」

「不過只要把那幅石版畫買回家，就可以每天觀賞唷。你不覺得自己的心靈會變得很富足嗎？」

雖然我完全沒有那種感覺，還是配合著她說下去：

「或許是耶。因為它象徵著和平、愛與環境問題嘛。」

她的胸部又挺得更靠近了。姑且不論有沒有藝術的鑑賞眼光，她似乎很懂得運用自己的武器。此時她突然改變了話題。

「真島先生是從小就喜歡畫作嗎？」

「不，倒不是這樣。」

她一直問我的事，從幼稚園問到國小、國中、高中，平常不太會想起的記憶，在她這樣一再打探之下，也出乎意料地甦醒過來。

來到Eureka已經快超過一個半小時了，我和惠理依之間也產生了一種感覺有點熟悉的奇妙關係，像是在綠色大道偶然遇見國中同學，而且對方還變成了和以前截然不同的大美女。惠理依突然露出悲傷的神情。

「我一直很喜歡畫畫，很想去上美術大學，但是因為父親生病，只好放棄升學。」

到剛才為止，她多半都是說一些表面話，似乎現在才是真心話。

「真的嗎？」

我凝視著她的眼睛。想判斷對方是不是在說謊，看眼睛畢竟還是最準。不過面對女人，我經常猜錯就是了。

「嗯。我爸得了肝癌。那個時候我們家很慘，完全沒有閒錢可以讓我上美術大學，或是買一些油彩顏料。」

似乎是真的，她的眼眶稍微泛紅。

「現在我一邊做這份工作，一邊幫弟弟籌學費。我弟很努力準備考試，成績也很優秀，雖然不是在大都市裡，但他還是考上了國立大學。」

怎麼不講喬納森什麼鬼的騙人故事了？氣氛突然變得沉重起來，惠理依淚眼汪汪。

「不好意思，講了完全無關的話。聽了真島先生小時候的回憶，也讓我想起許多往事。」

她露出靦腆的微笑，向我晃著那對靠在桌上、大得像王子香瓜❹的胸部。如果這一切都是演的，她可以拿最佳女主角獎了，也難怪對女生毫無免疫力的清彥會一次就答應。

⚜

惠理依使出最後的殺手鐧。

「可是，對於現在的工作我很滿足。雖然我自己不能畫，卻可以把好作品介紹給對美的事物有相當了解的人。這個世界上，大多數的人都無法理解藝術的價值。」

在這間狹窄的洽談室裡，我不禁深感佩服。這是幾乎無懈可擊的銷售系統，至少到目前為止尚未出現有觸法之虞的行為。她只是讓我看畫、稱讚我的品味、拚命把身體緊靠過來而已。惠理依又把身體往桌前挪近，看到胸罩與乳房間的空隙了。不過因為被蕾絲擋住了，無法看到胸部前端。

「無論如何都希望真島先生能夠買下這幅畫。」

我注意著不將身體往前傾。如果她以為我在偷窺她，可就遺憾了。惠理依從椅子上站起來，發出聲音。

「我去找我們店長商量一下，請您在此等候，我馬上回來。」

身材出眾的業務小姐離開了房間。太好了。這樣我就可以安心地喝著涼涼的茉莉花茶。不過世界還真是寬廣，在這個我以為瞭若指掌的池袋，原來每天都上演著這樣的商業行為。

人類想輕鬆賺錢的欲望真是無窮無盡，就如同逃到新加坡去的某某基金❺。

三分鐘後，惠理依回來了。我正在觀賞掛在單調牆面、大量生產的喬納森畫作，她氣喘吁吁地走了進來。

「恭喜您，真島先生。很少會有這種事，店長答應我用特別價格賣那幅畫。」

她緊緊握住我放在桌上的手，上下晃動，讓我想到小學生在跳土風舞。

「店長說，可以降到五十萬。」

我心裡嘟噥了一聲「原來如此」。設計得真巧妙，原本的標價是假的。

「喬納森．戴維斯雖然在日本還不怎麼知名，但在歐洲已經是一流畫家。再過幾年，這樣的價格就買不到了。」

---

❹プリンスメロン（prince melon）：為慶祝一九五九年當時的皇太子明仁與美智子成婚而命名，由日本品種與歐洲品種交配而成，甜度高，價格自然不菲。

❺此處指的應該是「村上基金」。由曾任日本通產省官員的台灣人後裔村上世彰等人創辦，因厭惡高稅制而把公司轉往新加坡。村上與堀江貴文的活力門（Livedoor）串通，藉由內線交易收購並轉賣日本廣播公司NBS百分之三十五的股票而雙雙遭到起訴。一審被判刑兩年，目前以七億日圓交保在外。

「可是，我沒有五十萬這麼多錢。」

這是真的。麻煩終結者和賣石版畫不同，幾乎賺不了錢。

「沒有關係。我們有一家合作的信用公司，您只要簽個名，那幅畫就屬於真島先生了。採取長期貸款的方式，可以知道每月還款金額，契約內容也很簡單。要是有個品味出眾、擁有那麼出色畫作的人，我也會想交往看看唷。」

也難怪沒女人緣的男生會上鉤了。買一幅愚蠢的石版畫，就送你一個維納斯。只不過是詐欺師維納斯。信用公司也是同夥吧？長期貸款的話，利息也會增加，Eureka與信用公司都可以賺得飽飽的。時間已經過了兩個半小時。

對方的伎倆已經調查得差不多了。我突然站起來。

「那幅畫是很棒的作品，但請讓我再考慮一下。」

我留下一臉錯愕的惠理依，迅速離開洽談室。我斜眼看著左右兩邊黑色壓克力牆上的喬納森畫作，快步走出畫廊。海豚們好可憐，就這樣變成了買賣的商品。

要是牠們也有肖像權就好了。

⚜

傍晚，我回到店裡。老媽大發雷霆，問我到底要摸魚打混到什麼時候。這種說法，大概只有東京人還在用吧？明明是她自己叫我去幫清彥的，還這麼不講理。

我回到崗位，開始顧店。Eureka和惠理依要怎麼辦？期限只剩下兩天了。還好這不是執行死刑的剩餘天數。對我來說，就算失敗了，也不過是清彥承受莫大損失而已。只要當成是學到了關於女人的常識，搞不好還算便宜呢。

我用店裡的CD錄放音機播放《展覽會之畫》（*Pictures at an Exhibition*）。有穆索斯基（Modest Mussorgsky）的鋼琴版，以及拉威爾（Maurice Ravel）的管弦樂團版，兩者截然不同，有時間的人可以聽聽看。穆索斯基的是黑白素描，極有魄力；拉威爾的管弦樂團版則極細密地為它塗了色彩。將兩者比較一下，會覺得很有趣喔。

我所考慮的有兩點，其一是清彥。我認為，他再去見惠理依一次比較好。凡事都是如此，如果不是自己親眼確認，就會無法接受，尤其是牽涉了女人心與五年貸款。

另一點是惠理依。她說的幾乎都是手冊上的業務用語，唯獨「因為貧窮而放棄就讀美術大學」聽起來似乎是真的。有沒有什麼方法，可以確認惠理依真正的想法，也讓清彥能夠接受呢？

我一面聽著〈基輔大門〉（*The Great Gate of Kiev*）一曲中，那有如爆炸般的強勁左手貝斯，一面仔細思考。時限是今天晚上。

唔，總覺得跟電視影集《24小時反恐任務》沒兩樣。

從傍晚到深夜，我一直在思考。我一面看著調成靜音的深夜電視節目，一面聽著已經播放十幾次的

《展覽會之畫》。十四吋的映像管電視（我也想過隨便買台薄型電視，但是仔細想想，也沒什麼特別想看的節目）裡頭，有一個穿著白色比基尼的二流寫真偶像在跳繩，圓圓的胸部晃呀晃的。

此時我想到清彥買的第三幅石版畫，就是有海豚和比基尼女郎的那一幅。惠理依曾說，不久就會增值，到時就不是五十萬圓可以買到了。

煙火在我的腦中爆炸開來，形成一幅畫：可以把維納斯逼到牆角的點子。或許應該擬定更詳盡的計畫比較好，但是完全沒時間了，接下來只能見機行事。

我覺得安心了，關掉CD和電視。連名字都不知道的寫真偶像，謝謝妳。託妳胸部的福，我想到一個從絕境中脫身的點子。

所以，我們男人全是因為女人而得救的嗎？

隔天清晨，也是個澄澈的夏日青空。

我開了店，跟老媽說一聲，就跑到街上去了。老媽大概是瘋了，我告訴她石版畫詐欺這件事之後，她竟然說既然這麼好賺，自己也要試試看。她說要穿上魔術胸罩弄出乳溝，推銷雪舟❻與大觀❼的假畫。這樣一來就不是遊走在灰色地帶，而是不折不扣的詐欺了。我告訴她根本不可能會有客人上當，她就把滿是斑點的菲律賓香蕉當成迴力鏢向我丟過來，真是個既愚蠢又危險的母親。

我一邊撥手機，一邊走在西一番街上。上午的池袋很冷清，感覺很棒。我回想起自己小時候，當時的池袋不像現在人多成這樣。

「嘿，清彥你起床了嗎？」

認真的工人以完全清醒的聲音回答：

「你好，阿誠先生。你昨天說要去Eureka，狀況如何？」

我把一連串的過程說給他聽。

「和你那時候的過程應該差不多吧？」

他以佩服的口吻說：

「但是阿誠先生你很了不起呢，竟然能夠中途離席。」

到底是哪裡了不起啊？

「那樣等於是半監禁狀態了啊。不喜歡的話，趕快離開就好啦。」

手機那頭，清彥的聲音變小了。

「我第一次去的時候，被留在那個房間七個小時。」

連警方的偵訊都會自嘆不如。

「所以你才簽下那份貸款文件嗎？」

「嗯，是啊。不光是因為那樣，也是因為我擔心惠理依小姐。」

---

❻雪舟（一四二〇—一五〇六？）：日本室町時代的畫僧，以山水畫見長。

❼橫山大觀（一八六八—一九五八）：日本現代畫家，以「朦朧體」獨創日本畫的新風格。

無可救藥的濫好人一個。

「她也提到自己放棄美術大學的事嗎？」

「嗯，她說要幫弟弟付學費。不只這樣，她還說如果未達業績標準，薪水就會變得很少。佣金制必須要等到超過業績標準才適用，否則只能拿到和一般粉領族差不多的薪資。」

「這樣呀。」

又多了一項新情報。原來，即使是形同詐欺的生意，也不是那麼好做，人生真是不輕鬆。我向三幅喬納森畫作的持有者說：

「對了，等一下你有時間嗎？」

他之前說過，工廠不忙的時候，就會一直待在家裡。下次再變得忙碌，是正式員工去夏季員工旅遊的時候。用過就丟的約聘員工還真是辛苦。

「嗯，應該沒問題。」

我看著盛夏的陽光。今天下午似乎會很熱，是往常那種三十五度的天氣，遠遠比真夏日❽還熱。

「我會在西口公園，你把那張比基尼女郎的畫帶來吧。」

他以驚訝的聲音說：

「咦？」

「別管那麼多，把畫帶來。乾脆三幅都帶來也可以。」

「你打算怎麼做？」

我咧嘴笑了，說出一個老人家愛看的節目名稱。

「《開運鑑定團》。」

「……」

他似乎完全摸不著頭緒。

「別管那麼多，你就把畫帶過來吧。我們要向Eureka出擊。」

三十分鐘後，清彥出現在西口公園。我已經喝完一罐檸檬汽水，吃掉一個霜淇淋了。趁著等他的空檔，我好好地欣賞了池袋大廈群之間的天空。你上次花三十分鐘看著天空，是什麼時候的事了？變化無窮的天空與積亂雲。別只是推說自己忙得不得了，偶爾還是抬頭看看天空比較好。

清彥穿著土氣的棉質長褲與領口有釦子的襯衫，從藝術劇場的方向過來。土氣的格子衣料因為汗水而黏在肩上。他將一只薄薄的瓦楞紙箱小心翼翼地夾在腋下，在我坐著的鋼管長椅前方站定。他的表情很認真，汗水從額頭往下滴落。

「你說要去畫廊，是怎麼回事？」

「這個嘛，你先坐下。」

❽「真夏日」指的是最高氣溫超過三十度的日子，然而這套標準在全球暖化的影響下失去意義，於是日本氣象廳在二〇〇七年重新制定，將三十五度高溫以上的日子稱為「猛暑日」，而沿用至今。

我把已經變溫的檸檬汽水遞給他。清彥一度嗆到，不過還是一口氣把它喝光。這也難怪，畢竟他在這種炎熱的天氣裡從高田走到池袋來。

「你聽好，我們就假裝是好朋友。」

他露出詫異的表情點了頭。

「然後，我到你家去玩。」

「……是。」

「雖然聽起來不太可能，但我一眼就愛上喬納森畫的海豚。」

他又露出了不可思議的表情。

「為了尋找和這張比基尼女郎相同的石版畫，我昨天到畫廊去了，可是沒找到。」

清彥略顯開心地說：

「嗯，那是畫廊裡的最後一幅。」

果然是個無可救藥的傢伙。我焦躁起來，說道：

「我說什麼都想要那幅石版畫，所以去拜託清彥把它賣給我。當然，你知道花了多少錢買它，但是考慮到將來的價值，究竟該以多少價格賣給我才好呢？而且還有信用借貸的利息。實在很難估算。」

就連理解力這麼差的清彥，也總算漸漸搞懂是怎麼回事了。

「然後我們覺得很困惑，去找她們商量。」

「沒錯。這種程度的售後服務，應該可以幫我們做到吧。而且鑑賞期也還沒結束，那個畫廊根本沒有好好跟催。」

於是，我們得意揚揚地從池袋站西口往東口出發。

⚜

我們又在半路的便利商店買了礦泉水，在有冷氣的室內稍微休息一下。如果自來水是冰涼的，直接拿來喝就夠了，老是花大錢購買從地球另一端運來的水，實在是蠢到不行。

我們一邊走在綠色大道的樹蔭下，一邊避開發面紙與傳單的人。夏天的池袋是街頭推銷的天堂。從車站走到東口五叉路，只要區區五分鐘。Eureka的維納斯們今天也一面流著汗，一面專心地尋找冤大頭。

我和清彥鎖定了身材勝人一籌的惠理依，直直地朝她走過去。惠理依一看到我，表情瞬間變得快活起來。在她眼裡看來，應該是「冤大頭考慮了一天，又自己跑回來了」吧。但是下個瞬間，維納斯的表情大變。

她發現在我身後拿著瓦楞紙箱的清彥。鑑賞期內的石版畫，有如拔掉插銷的手榴彈，到了第九天還留著它的人，就必須負擔所有的損失。我對著僵在那裡的維納斯說：

「關於妳們的畫，有一點事情想商量。可以借一下昨天那個房間嗎？」

惠理依似乎有點困惑。我向清彥使了個眼色。

「阿誠是我朋友。他也是喬納森．戴維斯的粉絲唷。」

雖然只是照著劇本演，他已經演得很好了。惠理依的臉上回復了做生意的笑容。

「是這樣呀。那麼，請務必到我們畫廊來。」

維納斯很現實，她毫不掩飾地忽視背負三幅石版畫債務、已無力再買畫的清彥，在前往畫廊的短短路程中，她的手一直緊黏著我的手肘。

這樣弄得好像我正在做復健似的。

她帶我們進入和前一天相同的洽談室。第二次來，我仔細觀察了室內，桌上留有印泥與筆的痕跡；仔細一看，椅面上有被香菸燙到的焦黑處，原本時尚的設計也變得平凡起來。惠理依在我們面前倒了冰涼的茉莉花茶，笑容滿面。

「是今泉先生介紹真島先生來的吧？真是謝謝您。」

我看著身旁的約聘員工，他就像盛夏的雪人一樣快要融化了。我在桌面下輕輕踢了他的小腿，他好像這才想起來，將薄薄的瓦楞紙箱放到桌面上。

他打開兩層箱子，裡頭是以棉布包著、放在畫框裡的喬納森・戴維斯作品。這個男人的畫作與美麗的畫框相比，哪一個的成本比較高呢？

我凝視著比基尼女郎的石版畫，在十五秒內裝出感動的樣子。我呼出一口氣，以不輸業務小姐的誇張語調說：

「昨天妳帶我看了很多畫，但是我最喜歡的還是這幅。」

惠理依在胸前雙手合十，眼睛睜得大大的。

「真島先生的品味真好啊！今泉先生有這麼棒的朋友，我實在很羨慕。」

這種台詞，我在池袋還是有生以來第一次聽到，倒是常有人以「不要和那家店的小鬼往來」來描述我。我感到困擾般地說：

「因此，有件事想麻煩中宮小姐。我想向清彥買這幅畫，但到底要用多少錢來買比較好呢？再說，這是最後一幅，已經沒有其他的了。」

桌上放著一幅畫，兩個男的與一個女的圍著它。在畫作的歡樂主題四周，空氣突然凝重起來。惠理依保持著笑容，陷入沉默。這是當然的，毫無疑問，從來沒有人問過這幅畫的真正價值。畢竟無論是哪幅畫，都一律以五十萬圓的折扣價賣出。

「請稍等一下，我問問店長就回來。」

惠理依最後也沒忘記使用女人的武器，站起來時，充分讓我們拜見了她的乳溝。

門一關，今泉膽怯地問：

「店長如果來了，怎麼辦？」

那正合我意。我以隔間外面聽不見的音量小聲回答：

「我和你是愛好藝術的善良顧客，你覺得他可能趕我們走嗎？我們手裡可還有一幅仍在鑑賞期、隨時可以退貨的喬納森畫作喔。顧客就是神，對吧？」

這句話在資本主義的世界相當於「萬有引力法則」，不過我個人倒是相當討厭擺架子的客人。

「可是，這樣欺負惠理依，好像有點……」

門外傳來高跟鞋的聲音。我壓低聲音說：

「你不是想知道她真正的想法？你買了三幅騙人的石版畫，給她一點壓力不算什麼吧？」

門開了，惠理依一個人帶著不安的神情回來。沒有店長，也沒有其他業務小姐。賺不到錢的麻煩事，誰也不想蹚渾水吧。如何對待顧客，反映了一家企業的文化。

惠理依一坐下，馬上說：

「這幅作品已經屬於今泉先生了，關於價格，只要由持有者自行決定即可。」

一定是店長教她這麼說的吧？用詞很一板一眼。我假裝自己是一個完全不懂畫作的天真小鬼：

「店長先生不在嗎？我很想多了解關於這幅畫的事。」

惠理依又把胸部靠在桌上了。她的乳溝直直地對著我，就像磁鐵一樣。乳溝上面躺了個銀色十字架，晃呀晃的。我也是男人，因此現在才首度發現項鍊的存在。之前，我的視線一直停留在它的下方，真是難為情。

「可是真島先生，喬納森．戴維斯還有很多其他出色的作品。除了今泉先生這幅畫之外，要不要看看其他的新作品？我再帶您介紹一次。」

她拚命想讓新來的冤大頭上鉤，於是我隨口胡扯了幾句。我最喜歡這種事了。

「以前我是飆車族，當時交往的女生，就和這幅畫一模一樣。」

我指著身穿白色比基尼的女人。她是九頭身，胸圍與腰圍相差將近四十公分。我當然不可能和這樣的女生交往過，池袋怎麼可能會有峰不二子❾？惠理依裝出一副佩服的模樣。我以壓抑情緒的低沉聲音說道：

「可是，她死了。雙載飆車的時候，車子翻了，她只戴著一頂工地用的安全帽而已……」

她沉默了好一段時間。

「……是因為腦挫傷嗎？」

「算是吧。」

身旁的清彥露出難以置信的表情看著我。我又輕輕踢了他的小腿，他才趕緊接著說：

「就是這樣。那女孩是像惠理依一樣的美女。」

清彥說了一句和他不搭的即興台詞。我們也把身體探向桌前，不輸惠理依。

「我非要這幅畫不可。究竟要花多少錢買比較好呢？」

我雙手交叉，抬頭看著天花板，裝出一副感動到不行的樣子。回過頭來時，惠理依皺著眉頭，只有嘴角依然笑著，兩個部位感覺不屬於同一個人。

「我問過清彥，他說這幅畫賣五十萬圓。」

惠理依笑著點了頭。

「是那樣沒錯。」

我露出困惑的神情。

---

❾動漫作品《魯邦三世》裡的人物，以豐滿美胸著稱。

「我就說了，我不能用五十萬來買啊。清彥，你必須償還的貸款總額大概是多少？」

他的頭沒有從桌上抬起來，直接說：

「我記得是一百六十萬圓左右。」

維納斯臉上的表情消失了。在一瞬間的凍結後，她勉強回復了笑容。

「我剛才說過，關於價格，由您兩位自行討論比較好。」

我凝視著惠理依的眼底深處。

「可是，我們對藝術一竅不通。這種時候，請別人給點意見也不奇怪吧，而且清彥買下這幅石版畫才一個星期而已。就當成是售後服務，拜託至少給點意見吧？麻煩妳了。」

我將身體靠向懸臂椅。它的彈性很好，靠背處彎了下去。

好了，接下來要糾纏她幾個小時呢？在她們用來禁錮別人的房間裡，這次換我們來禁錮維納斯。

⚜

這種賣畫方式再怎麼形同詐欺，在銷售手冊裡也無法預期這樣的狀況吧。接著，我開始和清彥瞎聊。我們一直隨意變換話題，扯遠了之後，又把主題轉回石版畫上。干擾人家做生意雖然應該有個限度，但我們只是客人，而且完全沒使用任何暴力。

一小時過去了，兩小時過去了。平常對冤大頭做的事，現在輪到自己嘗到那種滋味。惠理依臉上的疲勞神色愈來愈濃。

這是持久戰。由於我們只是坐著喝茉莉花茶，所以並不怎麼辛苦。我只去了一次洗手間而已。

可惜的是，這裡沒有CD錄放音機，也沒有音響。這麼長的時間，足夠聽好幾次《展覽會之畫》了。

第三個小時過去了。

惠理依的臉色終於變了，說起話來也不再是談論藝術時那種阿諛的語調。

「差不多了，能不能請你們回去？我們還有很多業務要辦。」

差不多是時候了吧？我對她使出準備好的祕密武器。

「惠理依小姐，妳知道西口ROSA會館對面的那家當鋪嗎？」

只要是池袋這裡的人，都知道那家店。櫥窗裡頭有很多勞力士與LV。雖然沒有要買，我偶爾也會去看看。惠理依的臉變得像調色盤，除了不高興之外，又塗上了一層困惑的神色。

「……不、不知道。」

我凝視著海豚。牠蹦跳的尾巴前端，飛散出七色的水滴。

「因為我們說什麼都想搞清楚價格，就把這張石版畫帶去當鋪了。」

惠理依的眼底浮上了怯意。即便如此，她依然堆著笑容，不愧是專家。我好整以暇地說：

「妳覺得它值多少錢？」

「……不知道。」

美女在我們眼前陷入驚慌之中，真是太精彩了。她駝著背，連引以為傲的胸部看起來彷彿也縮小了。我以困惑的表情說：

「它估……八千圓。」

其實我和清彥並沒有去當鋪，只是虛張聲勢而已。但是對知道這幅石版畫成本的惠理依來說，這一定是極具衝擊的「真相揭露」吧。

「我們死纏著當鋪老闆，看他能不能再估高一點，但他說沒辦法超過一萬圓，這幅畫沒有那樣的價值。」

我看看身旁的清彥。他正以認真的表情觀察著惠理依。

「八千圓、五十萬和一百六十萬。我們不懂這幅畫的價值，也沒辦法決定價格。所以，直到弄清楚這件事之前，我們不打算走出這間洽談室，妳要報警也沒關係。中宮小姐，妳了解這是怎麼回事嗎？」

維納斯的臉色又變了，一副相當嘔氣的表情。她從放在隔壁椅子上的包包裡拿出香菸，點燃一根，對著天花板角落吐出細細的煙。

「你們想怎麼樣？我已經受夠了。如果想退貨，直接退貨不就好了。我們也是遵循正常交易賣出去的。」

她一口氣抽掉半根菸，在菸灰缸裡把菸捻熄，又點起另一根。地球上既然沒有維納斯，我也就不用再扮演「曾是飆車族的藝術愛好者」。

「似乎總算可以正常交談了呢。」

惠理依朝我哈出紫色的煙。真是沒禮貌的維納斯。

「你在說什麼？我已經完全不在乎了。我現在就去拿退貨表格來。」

我對著再度捻熄手中香菸的惠理依說：

「我們又沒說要退貨。坐在這裡的清彥想知道，妳是基於什麼樣的想法銷售這種畫的。」

才起身到一半的惠理依，又坐回椅子上。她用力蹙著眉頭，生氣地說：

「我完全不懂你們說這些話是什麼意思！」

❦

我的工作就到這裡為止了。

我負責徹底讓她動搖，直到她露出真面目，接下來交給清彥就行了。可是他只是眼睛往下看，沒有說話。無可奈何之下，我只好繼續說：

「妳小時候家裡很窮，所以放棄報考美術大學，是真的嗎？」

惠理依嘔氣地把臉往旁邊別開。

「是真的，那又怎樣？」

我在清彥的耳邊小聲說道：

「接下來你要看仔細了。敵人或許又要演戲了。」

我似乎變成偵訊員了。我以絲毫不帶情感的語氣說：

「那幫你弟弟出學費的部分，是真的嗎？」

惠理依點了第三根菸，憤恨地說：

「我有出啊。但那孩子都不去上學，只知道玩而已。反正，這種事很常見吧。」

她看著我們，伴隨著煙吐出這番話：

「你們這麼愛尋窮人開心嗎？那我就說給你們聽吧。」

惠理依一面不斷抽著菸，一面繼續說下去。

「我老爸原本是開計程車的，後來得了癌症，那時候我才國二。是肝癌末期唷。雖然他性好女色，本來就不是什麼好男人，但我媽更糟糕。電視上不是常播什麼抗癌日記嗎？全家人同心協力，一起對抗病魔的那種。那全是一些幸福家庭的故事。我們家的狀況是，我媽丟下我以及還在讀小學的弟弟，不知道逃到哪裡去了。那女人應該是這麼想的吧：她不想照顧那種男人，而且就算待在已經沒救的傢伙身邊，也幫不了他。她毫不在乎地拋下癌症末期的老爸以及兩個小孩。於是，疾病與貧窮的海嘯就朝我們家襲捲而來了。高中時，大家吃豪華的午餐，我喝牛奶配甜麵包。沒錢的時候，我就喝學校的自來水喝到飽。我放棄了最愛的繪畫。高中畢業後曾經待過一般的公司，但是薪水沒辦法一面維持自己的生計，同時又幫我弟出學費。我又不想出賣肉體，從事特種行業。這和我媽是特種行業出身的有關。公司的人那時候找上我，說是以我的外型，每個月賺五十萬圓沒問題。」

我靜靜地聽她說。自己受到別人的傷害之後，究竟有多少權力可以再去傷害其他人呢？

遺憾的是，在M型社會的底層，凶猛的大魚吃掉無知的小魚早已司空見慣了。惠理依大剌剌地說：

「做了這行之後，我非常清楚，男人全是蠢蛋，只要稍微奉承一下、把身體靠過去，就會買下根本不喜歡的畫作，假裝自己懂藝術、耍帥。只要在簽約之前假裝是他女朋友就行了，輕而易舉。誰會想和買這種無聊垃圾畫的男人交往啊？真的太噁心啦。那些沒女人的俗氣男人，別人只不過跟他們講幾句話，就覺得對方對自己有意思！」

她最後似乎口出惡言了。我偷瞄身旁的清彥，他的目光停留在惠理依身上。維納斯態度大變，不吐不快地說：

「這樣應該了解了吧？我去拿退貨表格來，你們簽一簽趕快回去吧。託你們的福，這個月我無法達到業績標準，只能領基本薪資了。但我可受不了再被你們這樣繼續找碴。」

我也覺得這麼做最好。再怎麼說，都必須給這個女的某種形式的懲罰。清彥開口了：

「如果我不退這幅畫，惠理依小姐就可以拿到錢嗎？」

惠理依停下了正在按打火機的手。她睜大原本就不小的眼睛，看著清彥。

「是沒錯，我只要達到業績標準，就可以拿三成的佣金。」

我忍不住插嘴：

「不要這樣，這種畫就退回去吧，成本只有十分之一啊。你想為了五萬圓的畫，花五年償還三十倍以上的金額嗎？」

清彥的手伸向桌上的石版畫，隔著玻璃撫摸比基尼女郎的臉。

「我之前覺得，畫裡這個女生長得很像惠理依小姐。」

維納斯大吼道：

「別這麼說！我先聲明，就算你不退貨，我也不打算和你交往。你沒必要逞強付貸款。」

清彥開始拿棉布把畫框包起來，收進薄薄的瓦楞紙箱裡。

「你這麼做真的沒關係嗎？」

清彥看也不看惠理依，對我說：

「嗯。決定買這幅畫的是我自己。剛才阿誠先生說不知道這幅畫的價值，對吧？」

清彥突然變得雄辯滔滔。我拗不過他，在口中嘟噥了一句：

「……是沒錯。」

「不知道價值，那就隨自己的喜好決定就行了。我覺得，就算它不值那個價錢，對於賣給我這幅畫的人來說，它還是有價值的。」

惠理依驚訝得屏住呼吸。他都這麼說了，我也就不再反對。我對抽太多菸的維納斯說：

「在妳覺得俗氣到不行的噁心男人之中，也有這樣的傢伙存在。我想妳一定不懂男人的心情，但可別忘記這傢伙。」

清彥抿著嘴，把石版畫的紙箱夾在腋下，對我點點頭。我向發楞的惠理依說：

「妳明天可以繼續尋找冤大頭。無論碰到什麼樣的男人，妳都只會把對方看成冤大頭吧。就算能夠靠佣金制賺取高薪，我也不想變得和妳一樣。就這樣。」

關上門時，我看了維納斯一眼。惠理依好幾次想點燃百圓打火機，不知為何一直無法順利點著。搞不好連瓦斯都開始討厭她了。

走出室外，夏天的太陽已經西斜了。我和清彥並肩走在綠色大道上，往車站方向前進。蟬叫聲比上午還吵雜。

「你這麼做沒關係吧？」

他先是說不知道，然後搔搔頭說：

「我太耍帥了，現在漸漸有一種後悔的感覺。」

我抬頭從櫸樹縫隙看著夏日天空，萬綠叢中一點藍。飛行機雲⑩呈一直線往海的方向延伸。

⑩飛機飛過所生成的雲。

「那就現在馬上打電話退貨。這是花五年才能還清的債務啊。」

「不，還是算了。」

我的心情變好了，一定是因為夏季傍晚的涼風吧？

「總覺得你是個很難懂的傢伙啊。」

雖然我沒跟他說，但是和有點小聰明的詐欺師比起來，我比較喜歡有點好色卻踏實工作的冤大頭。我們在西口公園的東武百貨出口分道揚鑣。天色明明還很亮，不知道哪所學校的學生已經準備集合去聯誼了，有個傻瓜還一邊用手打著拍子。清彥輕輕向我鞠了個躬。

「今天真是謝謝你，請讓我以某種形式表達謝意。」

我輕輕拍了拍他的肩。

「我知道了，那我就不抱期望地等你來。」

我就這樣頭也不回地回到水果行。我想他一定也沒有回頭看吧？畢竟，那並不是座陰鬱的公園。

過了幾天，電視八卦節目大幅報導了這種賣畫方式。Eureka的反應也很快，池袋街上才剛傳出警察在調查的消息，他們隔天就掛出暫停營業的牌子了。

綠色大道上的那間畫廊，就這樣被改裝成一家手機店，惠理依這個身材出眾的女子也消失了。她一定又跑去另一個地方騙男人了吧？雖然希望她能夠找到其他的生存方式，但那是維納斯自己的問題了。

在那個比三十五度還熱的「超級真夏日」，清彥來到我們店裡。他的腋下夾著之前那只紙箱，把它交給我。

「最近工廠沒什麼工作，我每天只能吃泡麵和白飯。請你收下這個當作謝禮。」

我打開箱子，是喬納森什麼鬼的畫，一幅沒有比基尼女郎的畫。我笑著說：

「這麼貴的東西，沒關係嗎？」

清彥也笑了。

「畢竟，這種東西，讓知道它真正價值的人擁有就好了。」

滿會說笑的。於是我們握了手，站著享用冰涼的鳳梨串，然後彼此說了再會。之後，我們就沒有再見過面了。象徵著和平、愛與環境問題的喬納斯海豚，現在仍然擺在我們家的冰箱旁當裝飾。沒有任何客人注意到它，這也是沒辦法的。畢竟，池袋是一個與藝術不相稱的城市。

池袋ウエストゲートパーク

連續縱火犯

請想像一下，沐浴在秋日夕陽下的房子。

半毀的房子。

在那棟房子附近走一遭，燒焦味就會撲鼻而來。發生縱火案已經是一個月前的事，那是暑假的最後一天，然而燒掉一半的房子至今仍殘留著當時的氣味。

玄關的門被燻得黑黑的，只以南京鎖勉強扣上。旁邊的窗戶裂開了，以膠帶貼成X字型避免碎片掉落。塑膠雨水管浮出一粒一粒的氣泡，從二樓往下延伸到一半的地方就碎了，無力地懸垂著。玄關前方有兩台自行車，輪胎與坐墊都被燒毀，只剩下骨架；一輛是淑女車，一輛是男用登山車。

在便利商店買了打火機用油，大肆潑撒在玄關和樓梯附近，並且點火引燃的是那輛登山車的主人，一個十三歲的男孩。不是金屬球棒，也不是菜刀，而是打火機。平常根本想像不到，那種東西竟會變成最可怕的凶器。

幾年之後，如果回想起這個秋天，或許會認為是「縱火之秋」吧，而且還是小孩子犯下的連續縱火事件。那些孩子放火燒了自己家，到底是想燒掉什麼呢？我到現在還是無法理解。

因為，我所認識的那個少年縱火犯，實在是極其尋常的小鬼。他沒有什麼奇怪的地方，不過是個常見的、心思有些過於細膩的十三歲孩子而已。

所以，希望全國的父母仔細聽我說：對孩子而言，自己的家人很重要，具有很特別的意義，足以和全宇宙匹敵。他們之所以會想燒光這一切，怎麼看都是因為那些頭腦不好、不知道如何將自己的感覺傳達給父母知道的笨拙孩子被逼得走投無路了，才會這麼做。

各位熱心教育孩子的父母，房貸都還沒付清，房子就被燒掉，一定很難忍受吧？搞不好連你也受了嚴重的灼傷。所以拜託你們，在孩子還沒放火之前，請試著看看孩子的內心。千依百順的優等生的心裡是不是已經變成被野火燒盡的原野？是不是已經變成由木炭與灰燼所構成的黑白畫面？孩子自己是不是也像燒焦的柱子一樣，被燻得焦黑？

我們的內心世界想到什麼，就會在現實世界付諸實現。內部的東西，會自然顯現於外部。放火燒掉自己家的孩子，其內心早在好幾年前就已經燒得一片荒蕪了。

這次要講的是池袋的少年縱火犯與連續縱火事件。這是則秋天的都會物語，從小小的火苗開始，穿插了一些懸疑，最後那把火因為幾滴眼淚而被澆熄了。

請小心火燭，一起好好享受這則故事吧。

夏天的酷熱實在太過異常，九月都快結束了，也沒有即將入秋的感覺。尤其是今年夏天，東京完全沒有下雨。一般而言，持續好幾天這種三十五度的高溫，天空應該會受不了而降下驟雨才對。但即使連續數日創下新的高溫紀錄，仍然一滴雨也沒下。東京天空的腦袋不太正常。

九月的池袋，我只穿著一件無袖背心到處晃。沒有事件，沒有錢，沒有女人。像這樣過了好幾個月，我的內心幾乎到達禪僧的境界——只要沒有欲望，就不會覺得匱乏。滅卻心頭火自涼❶。不過外在的大汗淋漓，還是不會有所改變。

第一次看到那個小鬼，是在ROSA會館一樓的電玩中心，就在我固定的散步路線上。雖然我沒錢、不會下去玩，但偶爾還是想感受一下電玩中心的氛圍。

那傢伙是個瘦瘦高高的男孩。迷你賽馬遊戲桌的周圍有八張凳子，不是電腦動畫的那種，而是以前那種電動模型的賽馬。只有兩個客人在玩，小鬼在無人的對側跑道，凝視著一步一步生硬前進的純血馬❷。

他給我的第一印象像是個罹患慢性神經性腸炎的孩子，臉色蒼白、四肢細瘦。雖然不免覺得「大白天不去學校上課，在這裡做什麼」，但是由於我過去也常不想上課就擅自休息，所以沒什麼資格說別人。

唯一忘不了的是他捧在手中的一小束花。那是霞草花，有如在空中飛舞的細雪。在池袋的電玩中心不會有拿著這種浪漫東西的小鬼，因此再怎麼不情願，也自然而然留下了印象。我看著那孩子，他也看向我，感覺像是展示櫥窗裡的假人。

他的眼睛像是被塗滿了墨汁的黑洞。

從那之後，我不時會在街上碰到他。大都會廣場的噴水池、HMV的日本流行樂賣場、丸井百貨的電扶梯。之前還不常看到他，搞不好是最近才搬來的。每個班級都有兩、三個不上學的學生吧？我單純

---

❶佛家語，語出唐末詩人杜荀鶴〈題夏日悟空上人院〉一詩的末句，指若能讓擾人身心的精神安歇，即使身處火一般的炎夏，也感清涼。

❷原文thoroughbreds，來自英國的純種馬，身軀與骨架龐大，安靜、沉穩，常培育為賽馬。

地這麼想，沒有特別注意他。彆扭的孩子常會這樣，沒事做的時候就去熱鬧的地方打發時間。

第一次和他交談，是在我們水果行的店門口。他臉色灰暗地低頭走過來，穿著牛仔褲，T恤上則印著我不認識的動畫角色，手上仍然拿著一小束霞草花。一和我四目相對，他突然膽怯起來。他似乎也記得我的長相。

「嘿，你是不是肚子痛？」

他在遮陽棚下方停了下來，連忙搖搖頭。

「最近常在街上碰到你呢。」

他保持沉默，點點頭。每次一看到與眾不同的小鬼，我總是無法放著不管，這是我的壞習慣。我拿了一串擺在冰塊上的鳳梨串。

「吃吧，很好吃喔。」

他看看免洗竹籤，又看看我的臉。接過鳳梨串之後，他像老鼠一樣啃了起來。

「喂，這種東西要大口大口地吃才對吧。」

我拿起一串，兩口就吃光了，對著他咧嘴而笑。如果能夠在女生面前做這種動作，大概可以迷倒池袋路上一半的女生吧。他總算提心吊膽地露出了笑容。

「我是真島誠，在這間水果行顧店。如果有什麼難受的事，你就來這裡吧。下次我請你吃網紋香瓜。」

他以有如蚊子叫的音量說：

「我叫水谷祐樹，請多指教。」

然後迅速點了個頭。臉色雖然很差，倒是個率直的好孩子。此時，老媽從店裡走了出來。

「阿誠，我們也要小心一點。最近西口這裡有很多小火災，搞不好是什麼連續縱火狂。那些瓦楞紙箱晚上不要拿到鐵捲門外面。」

聽到老媽的聲音，尤其是說到「連續縱火狂」那幾個字的時候，祐樹的臉色像是被漂白過一樣整個變得慘白。他拿著吃了一半的鳳梨串，快步離開店門口，真是個怪孩子。不過我老媽到底是那個孩子的導師，還是在池袋警察署的少年課看過他呢？她露出奇怪的表情，目送著那孩子的削瘦背影。

「他該不會是西池袋的小孩吧？」

「我第一次和他說話，不知道他住在哪裡啊。」

「你瞎了眼嗎？一個月前不是有起縱火事件？我朋友是那一戶人家的親戚，叫什麼來著，好像叫水谷先生吧。」

我看著遠去的祐樹，在心中無言地吶喊。他駝背的身影穿過了池袋站前的斑馬線。老媽的聲音彷彿在追擊祐樹：

「放火燒掉自己家，雖然沒有人嚴重受傷，但是才一個月就這樣回到街上了。什麼《少年法》的，如果不設想得更周到一點，實在很讓人傷腦筋。西口的小火災也不知道是誰幹的。」

⚜

火災發生於西池袋二丁目的密集住宅區，大致的案情如下：

水谷家的父親在政府某中央部會擔任不上不下的要職，但是因為沒通過國家公務員的高級考試，升遷顯然遇到了瓶頸。他確實很優秀，所以對此似乎覺得不甘心，於是開始對獨生子祐樹施以徹底的英才教育，就像日劇《東大特訓班》那樣，變成一種「只要考上東大就行」、單純奴隸制的頭腦勞動。

祐樹遵從父母的期待，一直扮演好孩子的角色，成績似乎也無可挑剔。但是好孩子的面具在國一暑假結束時毀掉了。八月三十一日、晴朗的星期四，祐樹一早就起床，開始為旅程做準備。背包裡放著換洗衣物、零用錢，以及任天堂掌上型遊戲機DS-Lite。完成離家出走的準備後，他將前一天事先準備好的打火機用油，全部灑在玄關與樓梯附近。昏暗的樓梯上方，是他的父母（四十一歲的父親與三十九歲的母親）與祖母（六十八歲）的寢室。

據偵訊的警官表示，水谷祐樹供稱「我知道樓上睡的是家人。我心想讓他們全部死掉好了，就點了火」。不過由於這篇報導來自某本不太可靠的週刊，或許某些部分被過分誇大了。就算報導的內容正確無誤，然而膽怯的少年依照警官的意思供述，也是常有的事。我以前就讀的國、高中裡，這種事根本司空見慣。沒辦法，對於警方的伎倆，如果不是像這樣交手過幾次，根本不可能堅強以對，也沒辦法搞懂。

一整棟房子燒掉一半，火才被撲滅。父母設法從二樓窗戶往下跳，只受了輕傷。但是少年的祖母來不及逃出，據說身體受到大面積的重度灼傷。

少年犯案之後，據說整天待在池袋的影城看電影。片名不詳，想必是讓人覺得放鬆的暑期電影吧，像是好萊塢動畫之類的。待最後一場電影結束、他正要離開電影院時，被接獲通報趕來的警官帶回輔導。至於其後發生的大混亂，比我還常看八卦電視節目的你或許更清楚吧。

男孩在學校很受歡迎，很多人發起連署請願，希望給他較輕的處分。他的父母與住院中的祖母也提出相同的請求。少年A只被送到少年收容所十天左右，就交由父母帶回了。嗯，反正也沒有任何人死亡嘛。

水谷祐樹回到池袋街頭三個星期之後，碰到了我。

那三個星期，正好是西口周邊連續發生小火災騷動的時期，也就難怪老媽會以奇怪的眼光看待祐樹了。壞事會一而再，再而三地發生；壞人也會一而再，再而三做壞事。無論小鬼或大人都一樣。唔，我們就是帶著這樣的惡意或恨意，為現實、社會命名。

⚜

後來再碰到祐樹，是在西口公園的圓形廣場。他兩手空空地站在櫸樹的樹蔭下。像這樣無所事事，只是恍惚地站在人煙稀少的廣場上，與其稱他為少年，不如說他是「少年的鬼魂」。

我一朝祐樹走去，他就向我輕輕點了個頭。

「上次謝謝你的招待。」

「沒什麼啦，一串才一百圓，便宜貨。倒是你，怎麼不坐下來？」

鋼管長椅被櫸樹的影子染上斑點花樣，我們在椅子上坐下。

「我老媽她口無遮攔，真不好意思。」

長椅上的祐樹如同雕像一般僵住了。一號練習作品：悲劇少年的肖像。

「不，總之錯的是我。無論人家怎麼說我，都是沒辦法的。」

我決定轉換話題。即使和他聊少年縱火犯與連續小火災騷動的話題，也沒有什麼幫助。

「我看你常在池袋晃來晃去，不用上學嗎？」

他在長椅上又把身體縮得更小。二號練習作品：縮小少年的肖像。

「我會去上一半的課，但總覺得待在學校就會心神不寧。我的國中是很厲害的升學學校，如果像我這樣放棄考試，就會沒有容身之地。」

那倒是。我也在週刊讀過祐樹父親的手記，在那篇讀了之後不可能不流淚的文章裡，父親為了自己剝奪兒子的一切、一味要他讀書的行為，向兒子道歉。現在，祐樹已經沒有必須進東大的壓力了。

「那麼，你必須找點其他的事情做才行呀。」

祐樹看著我，露出不可思議的表情。

「我還有其他能做的事嗎？什麼接下來能做的事、將來的展望、未來，這一切的一切，我覺得都在那一天燒成灰燼了。」

我專心聆聽風的聲音。只要定神細聽，不光是劇場大道的汽車聲，即使是秋風穿過頭上櫸樹枝葉的聲音，都可以聽得一清二楚。

「……是這樣嗎？我忘記你幾歲了。」

「十三歲。」

我笑了一下。

「這樣就要放棄未來，會不會太早了一點？你應該還沒跟女生親過嘴吧。」

長椅上的祐樹變得面紅耳赤。由於他的膚色很白，所以臉上的顏色變化很明顯。三號練習作品：羞怯男孩的肖像。

「可是，我確實犯下了『放火燒毀現住建築物等』，以及『殺人未遂』等罪行。就算要找工作，也沒辦法找份像樣的，而且我也不認為還會有女生願意跟我交往。」

他坐在長椅的那一端，身體很僵硬。

「不要那麼擔心嘛。有很多人做了各種壞事，後來也都想辦法活下去了啊。我讀高工的時候，池袋警察署也來關照了好幾次。可是，我現在也是努力在工作呀，雖然是在家裡開的水果行啦。」

祐樹沒有回答，任由舒爽的秋風從他的頭上吹過。

「你不會還活在父親的價值觀之下吧？如果沒有進入好單位，例如稱霸白領階級的一流企業，或是成為政府官員，人生就完了之類的。即使沒那麼偉大，也沒什麼錢，但是仍然有很多有趣的工作喔。那些工作大概連你老爸也不太知道吧。」

只要是和M型社會的底層有關，來問我就對了，因為我是在這座叢林裡長大的。森林裡頭固然有野獸，但是也會長出水果。祐樹是個有禮貌的孩子，低頭向我行了個禮。

「很謝謝你為我設想。我會再去你們的店。」

少年的鬼魂輕飄飄地從長椅上浮起來，往JR池袋站的方向飄去。和當年的我比起來，在他的身上完全感受不到任何活力。這年頭的十三歲孩子到底要不要緊啊？我突然替下個世代擔心起來了。

隔天上午，老媽的聲音把我吵醒，那是我一早最不想聽到的聲音。

「阿誠，起來了。聽說昨晚又發生縱火事件，街上到處都在傳了。」

我猛然從鋪在四疊半榻榻米上的墊被爬起來。

「地點在哪裡？」

正在下樓的老媽回答：

「聽說在文化通，大久保醫院前的一家服飾店。」

如果是那裡的話，距離我家位於西一番街的店只有兩百公尺而已。我正要把腳套進昨天穿的那件牛仔褲，此時手機響了。

「喂？」

「是我。」

是崇仔的聲音，池袋地下世界的的國王。進入秋天，他的冷酷程度似乎又增加了。這下子，女性粉絲又會變多了。

「阿誠，你聽說昨天的縱火事件了嗎？」

我掩飾著心裡的不安說：

「嗯，當然。文化通的前面對吧？」

「沒錯。店名叫做DRESS FUNKY，是前G少年成員開的店。你應該去過那裡幾次吧？」

我抬頭看著吊在衣架上的黑色皮襯衫，那是沒多久前在那家店以友情價買到的。

「那家店的人來找我哭訴，希望你幫忙找出放火燒了我們前成員店面的傢伙。」

「這樣呀。」

縱火案最密集的時候，還曾經一個晚上發生三起。包括縱火未遂在內，全部加起來應該已經到達二位數了。

「不光是因為前成員來找我而已，本來我也差不多該出面了。受到羽澤組以及京極會保護的店家也遭人縱火，他們相當震怒，所以我想請你幫忙。」

呼，一如往常地委託我，當個紅牌還真是辛苦啊。

「如果是要約時間，請你找我的祕書談。」

國王對於平民的玩笑似乎不覺得有趣。

「笨蛋，別開玩笑了，下午一點到平和通的台灣料理店來，店名叫做『鵬蘭』。大頭們會集合在那裡開會。」

我最討厭那個世界的人了；但是不知為何，那些大頭們都很疼我。為什麼黑道組織的幹部沒有年輕美女呢？真不公平。

「DRESS FUNKY狀況如何？」

崇仔似乎在電話那頭笑了一下，耳邊傳來他短促的呼吸聲。

「只是一場輕微的小火災而已。」

「那不是很好嗎？」

「並非如此。店裡都是消防車噴的水，也被灰燼弄得髒髒的。原本要拿來賣的衣服，聽說幾乎沒辦法賣了。如果你能夠幫忙的話，那個前成員說可以讓你把喜歡的挑回家喔。」

這樣的話，接下來準備要買的三件牛仔褲，搞不好都可以不用花錢。我突然變得鬥志高昂。沒錢的生活確實既單純又正派，卻稍嫌侷促且平淡。

走下樓梯時，聽到老媽正和誰說話的聲音，大概又在計畫要去哪個溫泉旅行了吧？商店會的成員們都這把年紀了，不知為何滿腦子還是只知道玩。

不過站在水果行前面的是個穿著炭灰色西裝的中年男子，以及穿著深藍色一件式洋裝、年齡相仿的女子。總覺得他們的穿著像是要去參加什麼名門學校的入學典禮。老媽注意到我下來了。

「他們有話要跟你說。」

老媽擺了個臭臉，消失在店裡。眼前的兩人對我深深一鞠躬。

「我叫水谷信吾，這是我的妻子悠理。」

我看著祐樹母親的眼角，那種看起來有點想睡的表情和她兒子很像。

「能不能聽我們說一下呢？和我的獨生子有關。」

我看向店裡，老媽以下巴向我示意，這是最低程度的信號，表示「你去吧」。

「我知道了。你們跟我來。」

我們三人走進位於ROSA會館一樓的老舊咖啡館，就是暗色玻璃嵌在木製拉門上的那種地方，實在沒什麼能夠稱得上「咖啡館」的氣氛。不過這家店的咖啡很好喝，最重要的是幾乎不會有吵鬧的小鬼進來。池袋站前很少有這樣的店，因此深受我的喜愛。

我們挑了一張上面鋪著一塊浮雕銅板的耀眼桌子，隔著冰咖啡圍坐下來。祐樹的父母彼此點了點頭，然後父親對我說：

「您或許已經知道了，我兒子祐樹犯下縱火案，放火燒掉我們家。我倆很幸運，只受到輕傷，但那孩子的祖母現在還在住院。」

祐樹的母親應該很擔心吧。她的手在膝蓋上玩弄著手帕，像是在搓洗它似的。

「那孩子從收容所回來之後，池袋西口就馬上發生連續縱火事件，附近比較毒舌的人都在謠傳：該不會是祐樹因為第一次縱火得到快感，才引發這一連串的事件吧。」

老媽搞不好也從哪裡聽到這樣的傳言吧？如果不是這樣，我就不懂她的臉為什麼那麼臭了。

「妳向他本人確認過嗎？」

或許是因為無法沉默下去了吧，母親的身體往桌面靠過來。

「確認過了。祐樹當然說不是他做的，我相信我的兒子。」

面色凝重的父親開口了。

「可是，今天清晨，我發現那孩子偷偷摸摸地回家。不知道他是幾點出去的，也不知道他在外面做了什麼。然後，又發生了文化通的縱火事件。我覺得很可怕，根本不敢找他來問。」

我想起祐樹那張蒼白的臉。就算問他，他也一定會以細弱的聲音說他沒做吧。反應冷淡得可怕的小鬼。

「於是，我們試著把事情告訴一個在這次事件中提供幫助的池袋警察署刑警，問他該怎麼辦，有沒有我們能做的事？」

池袋警察署的刑警？我的背後泛起一陣涼意。浮在稀薄的頭髮上、大到不像是屬於人類的頭皮屑，穿著廉價的化學纖維製居家褲，搭配在某家超市以九百八十圓買來的白色敞領襯衫。

「那位刑警先生叫做吉岡，就是他介紹真島先生給我們的。他說，雖然你平常在水果行顧店，卻也解決了無數在池袋發生的少年事件，搞不好你可以成為值得祐樹信賴的大哥。」

我靜靜地喝著冰咖啡。吉岡這傢伙，偶爾也會說好話嘛！

「他還有沒有說什麼呢？」

祐樹的父親搔搔頭。

「由我來講這話，你可能會不太高興。但是吉岡先生說，只要告訴你是他介紹的，你絕對不會拒絕，因為他以前對你照顧有加。這麼問有點失禮，不知道真島先生與吉岡先生之間是什麼樣的關係呢？」

我回想起之前和吉岡在偵訊室裡的無數次交手。學生時期，我確實受到他的照顧，但後來我也幫了那個沒品的刑警立下幾次功勞。再怎麼想，應該都是互不相欠才對。我要不要推說不認識那種刑警，然後拒絕他們呢？此時，祐樹的母親用手帕按了一下眼睛。

「我覺得那孩子現在十分迷惘。發生那種事之後，他已經沒有容身之地了。無論在家裡、學校或社會上，他都找不到屬於自己的地方。他已經窮途末路了。」

我回想起自己十幾歲的時候。當時的我什麼也不怕，原本打算靠著自己的力量活給別人看，後來才突然醒悟、抬頭挺胸大步前行。任誰都曾經有過那樣的時期。不過祐樹應該是受了縱火案的影響，才會在十三歲突然陷入迷惘吧。

「我知道了。」

他的父母彼此互看，安心地鬆了口氣，鞠躬的幅度大到快碰到桌面了。父親說：

「那麼，我馬上把他叫來這裡。」

我制止了拿出手機的父親。

「我們之前就認識了。請他今天傍晚來我們店裡。」

一本正經的兩人又是彼此對看。毫無疑問，他們一定把我當成夏洛克・福爾摩斯之類的人吧。唔，事實上，只要事情牽涉到池袋這裡的小鬼，我應該不會比福爾摩斯遜色太多。你了解吧，華生？

平和通那一帶，穿暗色西裝的傢伙異常增加。最近的黑道分子已經不太穿花俏的防風夾克了，就連小嘍囉也都穿著某外國品牌的西裝，不過倒是幾乎沒人打領帶。由於池袋經常有與黑道相關的「午餐會」之類的活動，所以常會在路上看見這類傢伙，有如達官顯貴率眾出遊一樣。但是因為大家早就習慣，也就見怪不怪了。

鵬蘭位於一棟四層住商混合公寓的三樓。進入電梯之前，我接受了有如機場海關的身體檢查。由於我兩手空空，他們只拍拍我牛仔褲的口袋而已，不過那些男人粗大的手還是讓我覺得很不舒服。

店裡被男人塞得滿滿的，要走到內側的桌子又是一番折磨。男人的視線有如拔掉插銷的手榴彈，集中在我身上。全紅的圓桌上放了點心與一壺冰茉莉花茶。

我所熟悉的臉孔分別是羽澤組系冰高組的組長與涉外部長。冰高組長還是一如往常的上班族面容，他那種沉著的長相，與其稱他為組長，不如叫他銀行的分行長還比較合適。猴子當然還是那個嬌小的猴子，他算是同輩之中最有發展潛力的人吧。

崇仔雖然也坐在同一桌，但是由於他的立場超然，所以看起來像個碰巧坐在一起的局外人。池袋的孩子王說：

「坐吧，阿誠。那位是京極會山根組的年輕頭目，關口先生。這裡一半的人，你應該都很熟悉了吧。」

我點點頭。身處這種場面，盡量不發言比較好。山根組的年輕頭目戴了一條沒品味的領帶，讓我非常在意。怎麼會打這種西陣織❸的領帶呢？又不是要去校外教學。冰高舉起右手說：

「今天請各位在此集合，是為了針對西口的連續縱火案擬定對策。我們自己旗下的一家店，以及我們負責保護的另一家店都遭人縱火。」

關口接著說道：

「我們則是負責兩家保護的店遭人縱火。雖然不知道是哪路道上的哪個傢伙幹的，不過只能當成是在找我們碴了。」

一個讓人實際感受到壓力的視線，銳利地向我投射過來。對著他的領帶露出高雅的微笑，或許是一種錯誤。崇仔也說：

「我們前成員開的店也遭人縱火。來到這裡的大家，目的都是一致的：揪出連續縱火犯，找回池袋的安全。適合擔當這項任務的，就是這位真島誠。」

我原本以為可以暫時沉默一下，正把芝麻球放進嘴裡。崇仔在最糟糕的時機點把話丟給我。我趕快喝下一口茉莉花茶。

「警察、消防隊以及地方上的商店會都在行動了吧。我想應該沒有太多我們可以做的事，頂多只能巡邏一下。」

兒時玩伴都有這樣的壞習慣，猴子不留情面地說：

「白痴啊你！我們是收人家保護費的，什麼都不做，就對不起人家了吧！如果我們不展現出企業自身的努力，街上那些傢伙是不會接受的。由於山根組和我們的人手都有限，專家的成本又太高，所以我們才會找G少年的崇仔和阿誠你來這裡。」

原來如此。最近的黑道分子頭腦真好，還懂得把對當地居民的公關活動外包出去。身為承包商的我，低著頭說道：

「原來是這樣。那麼是否重點不在於找出犯人，而是盡可能高調地展開巡邏比較好？」

冰高似乎覺得很有趣。不知為何，我和這位帶有上班族氣味的組長很契合。

「當然示威行動與犯人逮捕可以同時進行。無論如何，這次的委託費是由我們和山根組各付一半。請從今晚開始努力吧。」

崇仔微微一笑，對著我點頭。真是少見。

「御前會議❹就這樣結束囉。阿誠，走吧！」

---

❸西陣織是京都的高級絹織品，以多樣少量的生產方式為基礎，將絲線先染過色，再織成圖樣。

❹過去在《大日本帝國憲法》下，由天皇臨席、決定重大國策的最高會議，然而正式決議仍須通過內閣會議諮問後，才能頒布實施。

我們離開後，那些組織應該會繼續開會吧。就在我要離開那家全紅牆面上貼著黃色長條菜單的店時，有人從我背後叫住我。是猴子。

「阿誠，拜託你囉。這次遭人縱火的，全是以年輕小鬼為客群的店家，這種事就該由你出馬吧。我等一下打給你。」

真是不可思議。為什麼我周遭的人，總是這麼隨隨便便就把麻煩的工作丟給我呢？莫名其妙！到底是什麼原因，我必須一面找出連續縱火犯，同時還得照顧被懷疑是連續縱火犯的少年？

我還是別當什麼福爾摩斯了。說起來，不太可能光是靠著他那種單薄的推理，就可以了解什麼人心。

我超級不擅長解謎啊。

我們坐進停在常盤通上的G少年座車。賓士休旅車還沒通過車檢，所以今天改搭保時捷的Cayenne。不論是街頭國王或黑道，這些組織為什麼都這麼有錢呢？我們家那台日產小貨卡都已經開十年了，如果是葡萄酒，正是適合飲用的時候。這輛Cayenne的車身黑得發亮，裡頭則是帶點紅的棕色，皮質座墊讓人覺得像是進了高級飯店，我坐起來很不舒服。G少年的國王乾脆地說：

「這次可以狠狠教訓那傢伙一頓。」

我看著崇仔的側臉，纖細的鼻梁讓人感受到他血統的純正。為什麼所有好事都發生在這傢伙身上呢？

「G少年的前成員那裡不是也被縱火了，他不出手嗎？」

國王冷冷地笑了一聲。

「不能再賣的衣服，火災保險全部可以給付。那家店的衣服從來沒有賣到斷貨過，或許碰到火災之後，生意可以變得興旺一點吧。聽說老闆趁著一個月的改裝期間，悠閒地去國外進衣服了，秋天的邁阿密似乎很好玩喔。」

是這樣啊。我輕輕摸著皮質座墊，總有一天我要在上面塗鴉。

「那我就隨便做做囉。」

崇仔嗤地一笑，說道：

「你可別偷懶到外人看得出來的明顯程度啊。最好想想看錢是誰出的，他們既然掏了錢出來，就會希望得到足夠的回報。我們G少年就讓你自由調度，你可要採取必要的因應措施唷。」

確實如他所言。生活在池袋這裡，如果惹得道上弟兄生氣，可是相當麻煩的。

「我知道了，又是一件麻煩工作呀。」

國王露出不置可否的表情，看著迅速飛過窗外的池袋站前街景。

「阿誠最近認識了一個有趣的小鬼，對吧？」

我嚇呆了。他們似乎已經察覺到祐樹的存在了，G少年真是可怕。

「你是怎麼知道的？」

「阿誠是池袋這裡必須注意的人物，也是G少年成員的監視對象之一。從未目擊到你和別人約過會，可以判斷你沒有女人。老是進出書店或唱片行，可不會發生什麼好事喔。」

我真的決定要在這輛保時捷裡塗鴉了。不如就留下我的簽名好了。即使做了這種事，崇仔也不會跟我索賠吧。

因為再怎麼說，我都是池袋這裡必須注意、沒女人緣的一號人物。

回到水果行後，我開始顧店。唔，就算偶爾有什麼麻煩，這還是我的本業，還是待在店裡讓我心安。我在CD錄放音機播放韓德爾的《皇家煙火》（*Music for the Royal Fireworks*），專輯封面是在夜空中綻放的煙火。

兩百五十年前左右，為了紀念奧地利王位繼承戰爭的結束，倫敦舉辦了煙火大會。氣勢十足的《皇家煙火》，就是當時為此而寫下的。全曲一共用了九支小號、九支法國號與二十四支雙簧管，再加上十二支巴松管，這樣你應該了解樂隊組成的規模有多龐大了吧。

我一面恍惚地看著西一番街，一面思考著當時音樂水準之高。十八世紀時，韓德爾與莫札特寫下了典禮的音樂；現代紀念世界盃的廉價主題曲，卻是由不知哪裡少根筋的搖滾樂團創作的。我們活在一個文化水準不斷降低的環境。幾百年來，文化快速地貶值。

祐樹搖晃的身影漸漸出現在斑馬線那頭。明明已經進入十月了，位處亞熱帶的東京卻仍然冒著熱氣。他走到我們店門口，立正站好鞠了個躬。

「今天起請多指教。不過誠哥竟然認識我爸媽，我嚇了一跳。」

我沒說出只見過他的父母一次，就任由他自己去胡思亂想好了。

「那邊很熱吧。過來這裡。」

祐樹以和身體一樣細的聲音說：

「那個，我該做什麼好呢？」

對於尼特族、逃學族或繭居族，我不太了解。我們將這些無所事事的小鬼分得太細了。他們應該要學點東西，不然就是活動身體、做點事，或是兩者同時進行。我單純地認為，不要想東想西，直接去做比較快。我指著豐水的梨子說：

「把那邊的梨子擺到盤子上，每盤四顆，然後打掃店門口。不要去想什麼複雜的事，你就不要休息，一直做下去。」

講完之後，自己覺得還挺不錯的。

因為，那和我的辦案方向完全相同。

他持續工作了一個半小時，中間沒有休息。流了汗的祐樹，臉上的氣色稍微變好了，比較像個健康的國中生。他似乎不擅長招呼客人，所以這部分由我來做，他則是在我的命令下不斷做著店裡的雜事。看著他聽話的模樣，個性似乎不是乖僻的那種。一直觀察著祐樹工作狀況的老媽說：

「你做得不錯嘛。稍微休息一下吧，吃個香瓜。」

我和祐樹站在店門前灑了水的人行道上，大口吃著冰涼的網紋香瓜串。果肉很軟，軟到彷彿一放進嘴裡就直接變成香瓜汁，有一種把生命直接吸進體內的感覺。我說了一句廢話：

「這個很好吃呢。」

「嗯……」

祐樹的回答只有這樣。我悄悄看著他的側臉，發現他的眼眶泛紅。

「怎麼了？」

祐樹顫抖著肩膀說：

「自從那件案子之後，就沒有人正常地對待我。」

我無話可說。我們總是在施與受之間生活，如此而已。

「唔，我明天也可以來這裡嗎？」

「可以啊，那樣我也樂得輕鬆啦。」

我們都笑起來，大口吃著第二串香瓜。

時間一過五點半，大樓群上方的天空即將變紅。我對俐落地幫忙做事的祐樹說：

「辛苦了，你可以回去囉。晚餐時間到了吧。」

祐樹正用尼龍繩把壓扁的瓦楞紙箱綁起來。

「我知道了，我綁好這個就回去。誠哥……」

十三歲的他，抬起那張滿是汗水的臉。

「工作起來還滿開心的呢。」

沒錯。由於我們已經習慣了，所以老是碎碎念、抱怨著工作，然而工作卻是打發時間的好方法。

「是啊。不過不是這樣就沒事了。明天早上，你陪我去辦點事吧。」

祐樹露出不安的表情。

「是要去市場採購嗎？」

我搖搖頭，凝視著祐樹的眼睛。他此時的反應相當重要。

「不是，是去晨間巡邏。最近西口這裡連續發生好幾起小火災，對吧？這裡的商店會已經開始行動了，你爸媽知道這件事。」

他的眼神開始不安起來，慢慢移開了視線。這樣一來，就無法了解他在想什麼、有什麼感覺了。祐樹的聲音又變得像以前一樣細。

「……我知道了。」

「今晚早點睡吧。明天早上五點，我在西口公園等你。」

⚜

不過早上五點只是安排給國中生的時間。

G少年和我的巡邏行動，凌晨兩點半就開始了。十一點到兩點之間，由商店會的志願者負責巡邏。

稍微休息之後，由G少年接手。我事前已經從池袋警察署生活安全課的吉岡那裡，取得了關於池袋站西口連續縱火事件的情報。就連那個囉唆的刑警，這次也二話不說地將消息提供給我。至今發生的小火災有十一件，其中真正釀成火災的有四件，建築物燒得很慘、半毀。沒有全毀的房子，也沒有死傷者。犯人似乎仔細觀察過要縱火的店家，確定不會有人受傷才縱火，還算是個有點良心的縱火犯。

火災的發生時間集中於凌晨三點到五點這兩個小時，與G少年的巡邏時間吻合。我在池袋西口安插了四組假裝成醉鬼的人馬，每一組都由兩、三個小鬼組成。由於他們都收到崇仔的命令，也收了打工費，所以每個人都很認真。只要立下功勞，在G少年內部也會獲得晉升吧。唔，組織這種東西，就是以各式各樣的誘餌讓成員上鉤，不論是上市公司或街頭幫派的手法都一樣。

第一天，我們以池袋站為中心，在半徑七百公尺的半圓形範圍內四處巡邏。就算池袋是東京數一數二的熱鬧地帶，到了黎明時分，路上的人一樣大為減少。我們互相用手機聯絡，當晚並未發現可疑的人，也沒有目擊縱火事件。

當然這樣就夠了。一方面因為這是場長期抗戰，另一方面我們的巡邏也確實發揮了嚇阻的效用。增加目擊者，確實是防範縱火的最好對策。

我一面注意四周動靜，一面假裝搖搖晃晃地走著，在自己居住的那一帶巡邏。秋天黎明的空氣相當澄澈、冰涼，雖然很疲累，卻也是很美好的時刻。我和自己這組的G少年在池袋站西口說再見，他們要搭首班電車回去。

送走快要睡著的小鬼之後，我朝著西口公園前進。我的工作只完成了一半，接下來不是G少年或黑道的委託，而是我自己的任務。

上午五點的圓形廣場，有很多鴿子與一些街友。噴水池是靜止的，公車停靠站既沒有人影，也沒有車影，是座空盪盪的副都心公園。祐樹披著牛仔外套站在那裡，看起來還是像一座苦惱少年的銅像。我對著緊張的祐樹說：

「早安。怎麼樣，想睡嗎？」

祐樹搖搖頭。

「不會，我本來就習慣早起。」

我沒問他為什麼習慣早起，只是深深吸了一口公園的晨間空氣。

「那我們走吧。」

「要去哪裡？」

關於這個，在剛才巡邏的途中，我已經找到目標了。

「你跟我來。」

我們走過圓形廣場的石板路面，鴿群被分成了左右兩半。

文化通是從池袋站北口通往板橋方向的路，車站附近有很多小吃店與風俗店。再往裡面走，則是密密麻麻的商業大樓和賓館。唔，這就是典型的池袋街道。

我和祐樹走到大久保醫院前面，停了下來。刻在黑色塑膠招牌上的白色「DRESS FUNKY」字樣被灰燼染成了灰色。從破掉的玻璃窗看進去，店內早已空無一物。看來是任由巡邏的G少年想帶走什麼就帶走什麼，剩下的只有衣架、黑人造型的假人模特兒，以及受到高溫而變形的鏡子。

祐樹提心吊膽地說：

「這家店是……」

「最新的縱火現場。我覺得祐樹對自己做過的事已經充分反省過了，不過讓你再好好地看一眼，應該不壞吧。讓你知道星星之火究竟會造成什麼損害，知道你之前嘗試要做的事會帶來怎樣的結果。」

「……是。」

我看著咬緊牙根忍耐的十三歲少年，這表情還不差。接著，我們在沒有人的晨間道路上，仔細觀察火災現場。遭人縱火的地點，是與隔壁大樓之間的縫隙。現場留有可燃垃圾燃燒後的殘渣，不知道是不是原本隔天要拿去丟的。牆壁變得焦黑，黑色的煤煙像是被吸進去似的，消失在破掉的小窗裡。

「是不是打破窗戶之後才點火的呢？這樣才會連裡面都燒到。」

店的正面是個三公尺大小的展示窗。現在合板就直接釘在玻璃破掉的地方，祐樹一直凝視著店面出入口一帶。

「怎麼了，那裡有什麼嗎？」

我一走過去，他就指著牆上的文字說：

「這個。」

加了特殊裝飾的塗鴉。池袋這裡的塗鴉滿多的，原本是三十年前左右從美國貧民區誕生的文化，幫派為了展示自己的勢力範圍，就在位於邊界的建築物上塗鴉，和小狗尿尿做記號沒什麼兩樣。結果在日本成為一種流行，只要是小鬼聚集的地方，到處都看得到。

那是以黑色的細噴槍寫出的文字，我將它讀出來：

「R23-11。祐樹，你知道是什麼意思嗎？」

他搖搖頭。

「不知道，但是我想再看看其他的現場。」

掌握到什麼蛛絲馬跡時，我們會先嗅到它的氣味；雖然還看不到形體，卻知道其中有些什麼。祐樹和我朝著下一個現場前進，這種時候總是忍不住加快腳步。

下一個現場是池袋二丁目，位於賓館對面的小酒吧。這邊的鎖應該壞了吧，門是以鏈子與南京鎖扣住的。由於我們已經知道要找些什麼，馬上鉅細靡遺地觀察建築物的牆壁。但是這裡似乎是有名的塗鴉店，牆上畫著不計其數的團體名稱與標記，已經幾乎沒有空間了。在比較顯眼的位置，招搖地畫著一些很有力量感的團體標誌。

我們趴在柏油路上，看著牆壁下緣，黑色細噴槍字樣與DRESS FUNKY那裡完全相同。祐樹說：

「這裡寫的是R4-16。」

我維持趴著的姿勢對他說：

「總覺得漸漸了解它的意思了，我們再看一間吧。」

下一間店，是過了西口五叉路前方的咖啡餐廳。這家店門口的木甲板上堆了一堆已經燒得焦黑、無法使用的桌子和椅子。我們拚命尋找塗鴉，但是在店裡的牆上完全找不到。由於牆面是純白色的，如果寫上什麼，一定馬上找得到才對。

我們擴大範圍，搜查黑色細噴槍的痕跡。結果又是祐樹找到的。它在店的前面，小小地寫在柏油路上。R0-9。

我看了看手錶，卡西歐的電子錶顯示現在是上午七點，應該可以叫崇仔起床了。我拿出手機，選了他的號碼。

「早安，你起床了嗎？我是阿誠。」

出乎意料之外，他的聲音聽起來似乎已經完全清醒了。

「我聽了第一回合的巡邏報告。你幹得不錯呢。」

國王不愧是工作能力強的人。如果不是這樣，小鬼也不會動起來吧。

「我找到一點線索了。你找人去調查一下DRESS FUNKY、酒吧『腎上腺素』（Adrenalin），以及咖啡餐廳『斯堪地那維亞』（Scandinavian）的營業時間。你聽好，DRESS……」

崇仔如冰一般的聲音傳了過來：

「下次不要再叫我做這種事了，我再回電給你。」

他把電話掛了。性急歸性急，國王的記憶力還是很好。

我們在西口的麥當勞稍微休息一下。還有幾個縱火現場沒看，但是如果全部要看過一遍，一方面必須看到日上三竿，一方面也有閒雜人等干擾。就在我和祐樹啃著一年只吃兩、三次的大麥克漢堡時，手機響了。

「是我。我要唸出營業時間囉！DRESS FUNKY是中午十二點到晚上十點，腎上腺素是傍晚六點到凌晨三點。唔，這家是賣酒的店，只要有客人，似乎就會營業到早上。斯堪地那維亞是上午十點到晚上十點。這樣子可以嗎？」

「謝謝。有什麼發現的話，再打給你。」

「喂，阿誠……」

和國王講到一半就直接掛電話，總是讓我心情暢快。我把塗鴉的暗號與店家的營業時間並排寫在餐巾紙上，時間滿一致的，差不多都是前後隔一個小時。

「這個連續縱火犯目前尚未造成任何人受傷，他似乎是先確認過員工或客人不在才點火的。」

祐樹小小聲說道：

「而且又可以避免被別人看見。」

「沒錯。這個塗鴉裡的R應該是『沒有人在❺』的意思，數字則代表了時間。他是慎重地調查現場之後才放火的。」

祐樹的眼睛閃閃發亮，看著餐巾紙。我摸摸他的頭，把他的頭髮弄得亂糟糟的。

「這是你的功勞，你注意到了塗鴉，真了不起。」

他在麥當勞的椅子上，把身體縮起來。

「之前我就知道了。我知道自己被懷疑，所以一直在巡邏，已經去過現場好幾次囉。第一次看到那個暗號，是在一家叫做『南方』（El Sur）的咖啡店招牌一角。」

那是我還沒去看過的店。

「所以，你一大早出門，也是為了找出縱火犯嗎？」

祐樹點點頭，啃著大麥克漢堡。

「你老爸很擔心你喔。雖然他相信你不會做這種事，卻看見你偷偷溜出家門。」

十三歲的少年低著頭說道：

「可是明知道不可能找到什麼犯人，實在沒辦法開口說我要去巡邏。再說，不久之前，我也才做過相同的事。」

他在早上人來人往的麥當勞裡掉淚。

「不要哭啊，相同的事只要哭一次就夠了。託你的福，我們現在已經清楚知道應該追蹤什麼了，這是很大的進展。」

我拿出手機，將情報告知所有相關人員。大家大概一早就要忙得不可開交了吧。

我最喜歡害別人這麼忙亂了。

我依序撥給崇仔、猴子、吉岡，池袋的商店會交給吉岡去講就行了吧。我告訴他們，犯人是個最多三十歲左右的年輕男子。他事前做過周詳的調查，熟知店家的開店時間與人員的出入狀況，而且一定會留下黑色細噴槍的塗鴉字樣。因此，目前已經被留下塗鴉、尚未遭縱火的店家是最危險的。

大家的反應不一。崇仔說幹得好，但是由阿誠出馬，會有進展是理所當然的；猴子說，他還是希望我進冰高組；吉岡則叫我去考警官考試。流氓和警察講的話這麼像，或許因為它們是很相像的組織吧。

地方的商店會不愧很有危機意識，很快就有了回應。那天下午，在我家播放著《皇家煙火》的店門口就有人來聯絡了。在池袋西口還有三間被人留下塗鴉、但是尚未遭人縱火的店家：池袋一丁目的「義式最棒」（Italian Primo）、池袋二丁目眼鏡行赤札堂後面的進口唱片行「靈魂廚房」（Soul Kitchen），還有一間是西池袋二丁目的酒吧「夜間飛行」（Night Flight）。我在店門口攤開空白地圖，以粉紅色螢光筆在三個地點做上記號。

---

❺ 留守（るす）：日文的「RUSU」一詞有「沒有人在」的意思。

接下來燒起來的會是哪家店呢？另外，我也思考著要如何有效率地讓四組G少年採取行動。這三個地點，必須每隔十分鐘就有人過去看看。

我很少像這樣認真使用頭腦，害我當天直到晚上都相當筋疲力盡。「思考」是比任何事情都辛苦的重度勞動，和出社會後的真正思考相比，高中時代用功準備考試，只不過是小孩子在玩耍而已。

怎麼說，我都一直在思考著沒有答案的問題。

不過各位同學，人生在世不就是這樣嗎？

第二天天一亮，我們便展開圍繞著重點地帶的新巡邏行動。然而愈是這樣，獵物就愈不會上鉤，就像那些你明明看見就在那裡、卻釣不到的魚。我和G少年仍然持續進行凌晨的巡邏任務，但是都無功而返。而且在那之後，我和祐樹也會一起在街上走動。到了第五天，我的體力已經到達極限了，當然店裡的工作也不能放著不管。

按照往例，每次事件期間，我多半都會聽同一首曲子，但是《皇家煙火》我已經聽膩了。因此，我交互播放著同樣來自韓德爾的《風琴協奏曲集》與《大協奏曲集》。雖然沒有巴哈出名，韓德爾還是給人一種頑固大叔的感覺，滿棒的。協奏曲比較像以前的搖滾風琴，而且很有戲劇感，讓人興味盎然。

十月中旬連續五天，我一早就去巡邏，下午又要顧店，幾乎所有時間都和祐樹一起度過。你有沒有看過逐格拍攝的開花過程紀錄片？原本皺巴巴的花苞開始脹大，朝著天空舒張開來，最後變成大花朵。

我和祐樹共度的那五天，就如同那種紀錄片。

這段期間，我看到一個孩子從自己的體內開出了某種花朵。

那是五個美好的秋日。

第六天黎明，犯人開始有動作了。

凌晨四點十分，東方天空仍是一片漆黑，我和三名G少年在嘻哈唱片行「靈魂廚房」前面。這家店的玻璃窗下方，畫著塗鴉R22-10。此時店裡空無一人，其中一名G少年一臉垂涎地看著窗上裝飾用的約翰遜兄弟（Brother Johnson）黑膠唱片，真是悠閒。手機響了。

「我是阿誠。」

是G少年的聲音，沒記錯的話，他叫做D1；他們那組的名稱應該是「麒麟」。

「我們抓到小鬼了，在『夜間飛行』這裡。他帶著黑色細噴槍、打火機用油，以及補充用的油罐。」

「我馬上過去，如果他大吵大鬧，就跟他說要報警。」

「了解。」

我邊跑邊喊。黎明的空氣冷冷的，吸入肺部相當舒服。

「西池袋的夜間飛行，用跑的！」

到那間酒吧的直線距離是四百公尺，如果是奧運選手的話，大約四十秒多一點就跑完了。我們的運動鞋在柏油路上發出聲響，朝著西方的天空跑去。

那小子被G少年左右包夾，坐在酒吧前的欄杆上。

「好痛啊，放開我……我說我好痛！」

他戴著黑框眼鏡，穿著牛仔褲與長袖格子襯衫，應該是高中生吧。我站在那傢伙的面前。D1找到了他的腰包，就在我想確認裡頭有什麼東西時，他以哭泣的聲音說道：

「快住手！你們有什麼權利看別人的東西！」

我默默拉開拉鍊，探向這個尼龍腰包內部。我找到和口紅差不多粗的黑色噴槍，以及Lucky Strike香菸，但這應該是偽裝吧，沒有抽過的跡象。銀色的Zippo打火機。還有一罐油。我抽出噴槍問他：

「那你又有什麼權利，在別人的店塗鴉……」

接著我把打火機拿出來。在街燈的照耀下，鉻質的圓角閃閃發亮。

「……還有向別人的店放火？」

那小子左右搖晃著身體說：

「你有什麼證據啊？放開我啦！」

「首先，這些人看到了，而且你的噴槍與縱火現場塗鴉的成分想必是一樣的吧，潑灑在現場與這罐子裡的油當然也相同。你和完全燒毀、變得焦黑的縱火現場是一樣的喔，一點都不清白。」

他渾身喀噠喀噠地顫抖著。

「拜託，去找我爸媽談吧。我們家有的是錢，絕對不會虧待你們的。」

「那麼，是你幹的嗎？」

戴眼鏡的小鬼默默點了頭。

「你不說話，我怎麼知道？是你幹的嗎？」

「……是。」

我按下偷偷藏在手裡的手機按鍵，關掉錄音。剛才一邊跑，我就同時做了錄音的準備，把收音麥克風插上去了。手機不光是方便用來調查外遇而已，還有各種運用的方式。

接著，我要嘗試手機的另一種用法。

我決定打一一〇報案，請警方過來。

不過這是我最不擅長的手機使用方式。除了必要的時候，任誰也不想這麼做吧。

小鬼的名字叫做原本孝次郎（十七歲），目前就讀高二，念的是板橋區的都立高中普通科。對於池袋西口連續發生的十一起縱火案，據說他全認了。他之所以對縱火感到興趣，是由於祐樹的事件。就那麼一件縱火案，竟然在社會上引起那麼大的風波，所以他也想在街上放火，吸引別人的注意。詳盡調查過店家之後，在黎明時分縱火，據說這麼做帶給他很大的快感。東京有超過一千萬的居民，偶爾也會有幾個這種瘋狂的小鬼吧。

我省略了受黑道委託的部分，只說出G少年在夜間巡邏的事。由於祐樹希望我不要提到他，無可奈何之下，我只好說是自己發現的。報紙的東京地方版所刊登的「守望巡邏隊」感人故事，是將情節濃縮而成的內容。唔，讀者們就是愛聽這種溫馨故事囉。不過我鄭重地拒絕拍攝大頭照。如果我變得那麼出名，不就很難再去不良場所了嗎？

池袋也好，全世界的任何地方也好，活著的樂趣有一半是來自於不良場所。

不再有縱火狂的一個秋日夜裡，我和崇仔又在全新的保時捷Cayenne裡碰面了。我依然穿著一件皺巴巴的T恤，國王卻已經穿上馬克．雅各布❻的秋季新作了——窄肩的雙排扣夾克。為什麼同年紀的崇仔可以穿二十萬圓的夾克，而我只能穿兩千圓的T恤呢？我決定不去想太多。因為無論是我或他，都不是那種能夠以穿著判斷價值的廉價男人嘛。

「幹得好啊，阿誠。」

我把身體靠在有如飯店大廳的皮椅上，感覺不像上次那麼不舒服了。

「冰高組和京極會都很開心，給了G少年豐厚的謝禮。以一個星期的工作時間而言，算是不錯的金額。不過你還是一樣不拿自己的那一份，對吧？」

我默默點頭。被錢綁著不是我喜歡的生存之道，我一向自由自在。

「仔細想想，與其像我這樣運作麻煩的組織、坐著自己並不喜歡的高級車、穿著沒那麼喜歡的高級品牌服飾，還不如像阿誠一樣，說不定比較輕鬆幸福呢。」

由於崇仔總是冷冷地微笑，他說的是玩笑或真心話，就連長期和他往來的我也分不太清楚。

「唔，或許真的是那樣吧。即使穿的是有汗臭味的T恤、開的是快要報廢的車子，又沒有什麼錢，還是會有女人對我說『就算這樣也沒關係』。雖然很少見就是了。」

崇仔正經地看著我，表情變得很認真。

「大部分女人都沒有看男人的眼光。如果我是女的，一定會選阿誠這種男人，而不是像我這樣的男人。」

這是浪漫的告白嗎？我開始懷疑自己的耳朵。如果此刻我回答YES，我們會變成池袋的國王和皇后嗎？不過到那時候，哪一個才是皇后呢？莫名其妙。崇仔完全不管我這一介平民的擔憂，繼續說道：

「西口縱火犯的事情解決了，但是另一件事還沒解決吧。」

國王很能注意到這種小事。我點點頭，凝視著窗外飛馳而過的池袋霓虹招牌。

「那個部分，明天就會解決了。雖然不知道能不能像抓縱火犯一樣順利。」

一般的家庭裡，存在著比起解決事件還困難得多的問題。

目前任何一本推理小說裡的謎團，都沒有我們的生活來得難解。

❻ Marc Jacobs：美國時尚設計師，曾任知名品牌LV的創意總監，一九九七年以自己的名字創立個人品牌。

隔天是星期二，一個晴朗的秋日。

祐樹穿著學生服，黑褲子與白長袖襯衫，右手拿著一束小小的霞草花。這是我第一次看到他穿制服的樣子。祐樹靦腆地說：

「可以按照約定陪我去嗎？」

之前他說過，如果是他一個人，或許會沒有勇氣過去。

「我知道了。」

為了那一天，我久違地穿上了有領子的襯衫。雖然這是幾年前買的格子棉襯衫，還是比T恤好多了吧。我們轉搭公車，前往位於中落合的聖母醫院，祐樹的祖母蓉子就住在其中一間病房。醫院的大門是明亮的雙層玻璃門，祐樹的父母在門前等著我們。我微微點個頭，向他們打招呼。

「全是祐樹的功勞。這次的連續縱火狂，如果沒有祐樹，或許到現在還抓不到。」

這不是客套話，如果沒有祐樹，搞不好我到現在還在執行黎明巡邏任務，一定會因為過勞而倒下吧。畢竟，我的頭腦雖然好，對於體力卻沒什麼自信。我們朝著祐樹祖母住的病房走去。秋天的太陽照進走廊深處，有間病房的門開著。我輕輕推了推祐樹的背。

「你一個人進去吧。」

十三歲少年露出猶豫不決的表情。

「可是……」

「一個人巡邏黎明的街道，你不是都做得到嗎？好好看著你奶奶的臉，向她道歉。那樣會比較好吧？」

他的父母點點頭。我拍拍祐樹的背，他抬起頭來說：

「……我去一下。」

祐樹的父母和我站在病房外不遠處，靠在白色的牆壁上，豎耳傾聽狹窄病房裡的對話。

「奶奶，對不起。」

我在內心說著「沒錯，就是這種語氣」，為他加油。只要能夠傳達心意，用詞愈單純愈好。

「我那天變得很不對勁。我知道樓上的房間住著誰，也想到妳們可能會來不及逃生，可是我討厭那個家的一切，所以就放火了。然後，我沒看結果如何就逃走了，真是膽小鬼。要是我能夠在那裡看著，至少等到奶奶獲救就好了……要是我能夠在那裡看著自己的家燒起來，燒得面目全非就好了……」

祐樹最後是邊哭邊講的，這應該是他一直藏在心裡的想法吧。他繼續說下去：

「這次我去看了連續縱火案的現場，體悟到一件事：在做壞事的人當中，最差勁的就是那種不去看看自己做了什麼事、自己傷害了誰的人。這一個半月以來，我一直是個沒出息的人。雖然我想看看奶奶的臉、向妳道歉，卻老是覺得害怕而不敢來。如果有人害我身體被燒傷，我一定會恨那個人一輩子吧。即使我已經到了醫院，一想到這裡，就沒辦法走進這間病房。」

祐樹似乎再也忍不住了，當場像個嬰兒般放聲大哭。

「……奶奶，對不起。我明明很喜歡妳，卻做了這種事，對不起。」

祐樹的母親在我身旁拿著手帕拭淚。擔任公務員的父親呆呆地看著空中，任由淚水滑落。至於我怎麼了，請你不要問。奶奶的聲音傳了出來。

「祐樹，一開始我在醫院醒過來，聽到是祐樹放火的時候，奶奶就已經原諒你了呀。搞不好我還在火場裡頭的時候，就已經原諒你了。祐樹知道奶奶最喜歡的是霞草花，對吧？即使你沒出現，我看到每天都有花束送到護理站，就知道祐樹來過醫院了。我可以了解祐樹的心情，無論世界上的人怎麼說你，我都知道真正的你是個什麼樣的孩子。」

祐樹的哭聲停不下來，奶奶的聲音澄澈得像秋天的陽光。

「好了，過來這邊。我很清楚，像今天這樣的日子一定會來的。這一個半月以來，我完全不覺得難受。和你所受的苦比起來，身體的痛根本不算什麼。」

「……奶奶！」

裡面傳來運動鞋跑動的聲音，病床吱吱嘎嘎作響。我輕輕把手放在祐樹父親的肩膀上，他身上的法蘭絨西裝很適合秋天，典雅且柔軟。

「好了，你們都進去病房吧。祐樹已經沒事了。」

祐樹的父親紅著一雙眼說：

「真島先生呢？」

我搖搖頭。再這樣讓我哭下去，我會頭痛的。

「這裡只有家人在會比較好吧，我再另外找時間和祐樹聊囉。請幫我向奶奶問好。」

我走在明亮的走廊上，離開那裡，背後傳來十三歲男孩的哭聲。就是這樣，想撲滅因為恨意而萌生的火焰，不是靠消防車灌救，只需要發自內心的道歉，以及接納的眼淚。

我穿過醫院門口走到路上時，聲音從上頭傳了過來。

「誠哥。」

祐樹從正方形的醫院窗戶向我揮手，圍在他身邊的是父母與嬌小的祖母。這是一幅沐浴在明亮陽光下、神聖的家族畫像。

「什麼事？」

我抬頭對著敞開的窗戶大叫。在那之上，則是如同被刷子刷洗過的淡白色雲朵。

「我可以再去水果行玩嗎？」

「嗯，隨時都可以喔，因為你可以免費幫我們做好多事嘛。」

祐樹以笑中帶淚的表情說：

「總有一天，我也想成為像誠哥一樣的大人。」

這孩子的話，說進我的心坎裡了。我不想再被這麼會說台詞的童星催出眼淚，只得趕緊離開醫院。我快步前行，在轉角處回頭一看，四人的家庭依然向我揮著手。這種時候，應該再向他們揮幾秒鐘的手比較好呢？我伸出雙手，大大地向他們揮舞。即使是天空上方的某某人，應該也可以看得很清楚吧。

這一刻，有個家庭通過了一項考驗。或許，我只是想讓別人注意到這件事而已。到了秋天，任誰都會變得多愁善感吧？當然就連我真島誠也不例外。

池袋ウエストゲートパーク

G少年冬戰爭

你看過幽靈嗎？

他從昔日的一口深井之中復活過來，散發著濕潤的氣息，以蛇一般的眼睛和尖銳的利爪，對著你說：欠債還債！當然，你壓根兒就不記得，自己究竟欠了這個戴著頭套的幽靈什麼東西。

然而，他還是會再來找你的吧。欠債還債，把你最珍愛的東西交出來，這是復仇！此時你總算才發現，活在這個世界上，就是會像這樣被人纏上、被人怨恨。即使一向過著低調平凡的簡單生活，也無法得知什麼時候會欠下幽靈的債。他們會不斷地在黑暗裡復活，向你索討高額的代價。

在你已然忘卻的過去某天，只是出於一番好心而多管的一點閒事，搞不好會害你折壽。那些身上懷有劇毒的傢伙，曾經在某處和你遇上了。一群在這個世上你碰都不該碰的人，就這麼毫無理由地怨恨、憎惡你，並且打算毀滅你。問題在於，無論何時你都難以分辨這種傢伙與大多數人有何不同。

我們每天搭著電車或公車，穿梭在毒蛇棲息的叢林裡。某個人原本和你有說有笑，卻突然猛力刺向你，幾乎要刺穿你的胸口；好不容易完成了工作，惡評與嫉妒卻排山倒海而來。日常生活是一場危機四伏的冒險，我們卻閉著眼睛在其中活動。任誰都希望可以過著平凡的生活，除非是遲鈍得不像話或逞匹夫之勇的人，否則很難承受得了。

這次要講的是關於幽靈復活的故事，發生在池袋溫暖的冬季。主要內容是那傢伙將暴力帶到池袋來，掀起了腥風血雨。講故事就和拍電影一樣，要講的是什麼，也就是主題是什麼很重要，對吧？因為，一旦不能掌握主題，焦點就會模糊了。舉凡街頭故事不需要的情節，即使是自己最喜歡的那兩秒鐘畫面，也不能留下。對了，我忘了提到一點：如果要我再多做補充的話，這則故事講的也是我和G少年的國王崇仔之間的崇高友情。各位女性粉絲，敬請期待。

如果你還讀不出我在說什麼，可以先復習一下很久之前我所整理、關於肉販與無法說話的妓女的故事❶。在那則故事裡，提到了幽靈之所以變成幽靈，以及我為什麼要多管閒事的原因。唔，現在的我雖然變聰明、變狡猾了，不過應該也有人很懷念我當時那種天真無邪的新鮮氣息吧。

不過我個人也只能以聳肩代替回答了。

人是會變的。任何人都無法阻止這件事。

最近這些年，你也變了很多吧？

街上那些不改變的人，腦袋只會愈來愈僵化，然後漸漸死去而已。

⚜

流言在池袋街頭迅速蔓延。

十二月乾燥的池袋，雲朵彷彿被餐巾紙抹得一乾二淨，整片天空看起來就像飯店大廳的桌子一樣閃閃發亮。這裡的人最喜歡關於流血、痛苦的八卦，我從某個長舌傢伙那裡聽來的，就是這樣的危險傳言：G少年之中屈指可數的武鬥派「大和疾風」遇襲。大半夜的，那群人坐在七人座的大型休旅車裡，我忘了車種到底是豐田的Alphard或本田的Stream。基本上，新車的名字都很難記。大和疾風是個行事粗暴、沒什麼錢的小隊，七個成員正好將座位塞滿，車子在綠色大道上前行。

當他們停在首都高速公路的高架橋下方、往太陽城方向的路口等紅綠燈時，有個戴著黑色頭套的小鬼站在擋風玻璃前方。據說，那個小鬼穿著黑色皮襯衫與黑色牛仔褲，兩手空空地朝休旅車走來，做了個挑釁的手勢。

最先衝出休旅車的，是個綽號叫做小武之類的小鬼。他曾經練過一點拳擊，似乎在技巧方面頗有自信。小武將手臂拉至身後，如箭一般揮出傾注了全身重量的右拳。接下來發生的事跟變魔術沒兩樣：吃了這記重拳、理當飛出去的頭套小鬼，卻像黑洞一樣吸走了這一擊的威力。下個瞬間，現場傳來像是潮濕的木材斷裂的聲音，小武便倒在柏油路上了，而且右手手肘以不可能的角度彎曲——頭套小鬼以相當於小武出拳的速度，弄碎了他的肘關節。

休旅車裡爆出一陣怒吼。這是當然的嘛，畢竟夥伴被人打倒了。然而就在此刻，四面八方同時出現了好幾個戴著頭套的男人。他們襲擊休旅車，以特殊警棍打破窗戶，將大和疾風的成員拖到路上，其餘的這六人也逐一遭到痛毆。這是一場由特殊警棍與關節技所構成的局部暴風。

三分鐘後，被打得像高爾夫球一樣凹凸不平的休旅車以及七個小鬼，都被丟在交叉路口的一角。事件發生十五分鐘之後，巡邏車才接獲通報趕到，當然頭套軍團早已不見蹤影了。警方認定這是不良少年之間的爭執，只是形式上做個筆錄，就把它歸到檔案夾裡結案了。

那是今年冬天第一起G少年襲擊事件，也就是被稱為「冬戰爭」、「Winter War」這場騷動的序曲。對我而言，則是和幽靈的第一次接觸。

不過那個時候的我，完全沒有注意到這件事。

❶參見《計數器少年：池袋西口公園2》第四篇〈水中之眼〉。

當時我所捲入的麻煩非比尋常。

不，並不是街頭事件或小鬼們的紛爭那類能夠輕易解決的麻煩，就連有人襲擊G少年也並不重要，而是一起出乎我意料之外的事件——我參與了電影的拍攝以及演出。

不過如果你以為那是由什麼大型電影通路商或電視台主導的鉅片，可就傷腦筋了。它也不是那種由美麗女演員或型男擔綱演出的甜蜜作品，而是住在池袋這裡的某個小鬼所展開的拍片計畫。如果要話說從頭，可能得花上一段時間，不過由於導演的個性實在太討喜了，我就先稍微描述一下和他相遇的經過吧。

到了十一月底，有時候會突然變得很冷。

那個寒冷的早晨，一覺醒來，氣溫驟降多達十度。已經習慣秋季單薄穿著的身體，終於感受到新季節的來臨。我穿上這個季節首次登場的羽絨背心，在店頭堆著橘色的新鮮富有柿，眼角餘光瞄到一雙破舊的運動鞋以及一條滿是汙漬的卡其褲。

「你就是真島誠先生吧？」

有一種不祥的預感。就算是我，也沒辦法老是處理麻煩，偶爾也需要休息一下。

「是我沒錯，但如果是什麼麻煩事件的話，我可不打算聽。你拿著這個回去吧。」

我丟給他一顆還很硬的柿子。這個身穿灰色連帽外套的小鬼接住之後，皮也沒剝就啃了下去，發出清脆的好聽聲音。

「不是那樣，我只是想借用一下你的專欄而已。」

完全不懂他的意思。我在街頭時尚雜誌連載的專欄完全不成氣候，就連希望集結成冊的讀者意見都沒有。

「主要是在台詞裡頭加入一些專欄的橋段。我想拍電影。我的名字是須藤明廣，叫我明廣就行了。」

他一邊說，一邊伸出被富有柿的汁水弄濕的手。生平第一次看到電影導演的我，順從地和他握了手。那隻滑溜溜的手真噁心。

「這樣呀。那你是東寶電影公司，還是富士電視台的？」

明廣留著鬍子，以及一頭讓人懷疑是不是懶得上理髮廳的長髮。他一雙眼睛拚命動著，嘖了一聲說道：

「那麼主流的公司，不可能用你的專欄吧。」

這倒也是。

「我在池袋二丁目的錄影帶出租店打工，電影就在那裡拍喔！是獨立製片的電影。」

「會在什麼地方公開播映嗎？」

我腦海中浮現的是豐島公會堂和一些豐島區內的表演廳。似乎會有人以一種彷彿新興宗教要吸收成員的熱心態度，把電影帶到那種地方去放映。

「不會。我想報名各種電影節，或是參加業餘電影的競賽。」

「是哦。」

明廣把黏膩膩的手往自己的卡其褲上抹。這傢伙上完廁所之後，一定是用褲子而非手帕擦手。我像是福爾摩斯，對他褲子上那麼多汙漬的由來做出一番推理。

「不好意思，我沒有錢，所以不能付你文字使用費。因此，想先知會你一聲。不過你的專欄真的太棒了，節奏感很不錯喔。」

「謝謝，內容就隨便你用吧。我還有工作要忙，你就加油拍部好電影吧。」

我回頭繼續進行把四個富有柿堆成三角錐金字塔的作業，他的聲音從我的後腦上方傳來：

「看到你之後，我在想，你能不能來演這部電影呢？是個台詞不少的重要角色。」

「你說什麼？」

我一抬頭，看見明廣閃閃發亮的眼睛，像是某家高級冰果室裝在桐箱裡、一顆一萬圓的網紋香瓜。

「別管那麼多，就先聽我說一下吧。我請你喝咖啡。」

這就是我和導演認識的經過。雖然我後來因而吃盡苦頭，但當時他出其不意地一問，我不由得就點了頭。

以演員身分被星探相中的麻煩終結者。池袋可真是無奇不有！

原本以為拍電影的事只是惡劣的玩笑，沒想到竟然是認真的。

總之，明廣還自己寫了厚達一百多頁的劇本，雖然只是一疊以長尾夾夾住的Ａ４影印紙，卻是我生平第一次從別人手中拿到所謂的「劇本」。由於我非常了解寫文章的辛苦，所以覺得它既了不起又沉重。他說這本嘔心瀝血之作是花了半年才寫出來的。

故事的主角，是在池袋當地長大的四個小鬼。其中一個是明廣自己，這個角色和他的現實生活一樣，在錄影帶出租店打工。至於劇情嘛，只是幾個經常聚集在那裡的年輕失敗者，沒完沒了地講一些充滿下流內容的無聊笑料而已。他把我寫的幾篇專欄放進對話裡頭。瀏覽了一下，感覺是很有品味的搞笑，我好幾次忍不住笑出來。我面前的是星巴克中杯拿鐵，他的是摩卡法布奇諾。

「還算滿有趣的嘛。雖然跟我沒什麼關係，但拍電影總是需要機器設備之類的東西吧，像是攝影機啦、燈光啦、錄音啦。錢從哪裡來？」

明廣拿出一個上面有魔鬼沾的皮包，發出啪嘰啪嘰的聲音打開它。

他把信用卡在我眼前一字排開。

「電影的製作費就是這些。」

又是一句像謎語的話。雖然他寫過劇本，還是不要太過賣弄玄虛比較好吧？

「有什麼好點子就馬上說出來嘛！如果拍電影的像你這樣，這部電影也會變得沒什麼水準喔。」

我的視線看向劇本。常有這種電影，對吧？一開始大費周章鋪陳，等到最後真相大白，卻是一部大爛片。明廣的眼睛再度閃閃發亮。

「阿誠這種帶有一點虐待狂的感覺很不錯呢，很適合我的電影。我的意思是，製作費是用卡貸來籌措的。我跟每一家信用卡公司小額貸款，總共籌到了四百多萬圓。這就是全部的製作費了。」

「這樣呀。」

我還是第一次見到申請卡貸拍電影的小鬼，真是讓人敬佩。明廣雙手合十說道：

「所以，我沒辦法付給你文字使用費和演出費。不過拍攝期間，我會好好讓你們吃飽，這樣可以吧？拜託啦，來演我的電影吧。我們很缺演員，正在傷腦筋。」

把兩隻手的手紋合在一起，就會幸福嗎❷？眼前這個抬頭望著我的業餘電影導演讓人覺得很愉快，所以我點頭答應了。

「不過你為什麼這麼想拍電影，還跑去申請卡貸呢？」

這是間很像圖書館的咖啡店，每一桌都是邊講手機邊做功課的學生。明廣聳聳肩說：

「反正我這輩子都會在錄影帶出租店、網咖或便利商店一直打工下去吧。借多少錢都沒關係，我想試著去做一次自己喜歡的事。再說，我原本就很愛電影。即使必須花十年還債也沒關係，只要用分期的方式一點一點還掉，也不至於要去坐牢吧。我已經決定了，要拍自己的電影。如果我現在不拍，會後悔一輩子。」

我對明廣刮目相看。就連代表下流社會、一輩子要當打工族的他，真的有心要做一件事時，還是會去做的。

「我知道了。如果可以的話，就讓我幫忙吧，但是說到演技，我是絕對不行的唷。」

他用兩手拇指和食指圍成一個四方形框框，透過方框看著我。

「保持這樣就行了。因為阿誠很有味道。」

「是這樣嗎，導演？」

實在是大錯特錯，我太得意忘形了。在攝影機前面，外行人怎麼可能保持原本的樣子？當時隨隨便便就答應人家，事後回想起來，忍不住後悔好幾次。

不過只要「預備——開麥拉」的聲音響起，攝影機還是會無情地轉向我。

因此十二月一開始，我每天都前往位於池袋二丁目的錄影帶出租店報到。這間店正午才開始營業，明廣已經先向店主打過招呼，上午的時候可以讓他自由拍片。打烊時間是凌晨三點半，所以這中間的九個小時，出租店就變成讓我們任意使用的片場了。拍攝期間明廣幾乎都睡在店裡，連續好幾天都睡不到兩小時，那身連帽外套和卡其褲都變得愈來愈髒。這時我才了解，拍片現場是很不乾淨的地方。

關於大和疾風的慘劇，我也是在那家出租店裡聽到的。其中一個工作人員久朗是G少年的小鬼，也是個老資格的電影狂。久朗說，他是一個叫做「Loose End」的小隊成員。

電影這種東西，總之就是等待拍攝的時間很長。在攝影組（全部也只有攝影、燈光與錄音各一人）準備布景的空檔，我們就在出租店外喋喋不休地聊著跟這部電影一樣沒什麼意義的話題。

「誠哥，問你一個關於電影的冷知識。在《消失點》（*Vanishing Point*）一片中，那輛橫越大陸的車

❷日文的「紋路」讀做SHIWA，「合在一起」讀做AWASE；「幸福」讀做SHIAWASE，發音剛好與「紋路合在一起」相同。

子，是哪一款車？」

那部電影我看過，但是對車子的名稱沒興趣。我自信滿滿地說：

「不知道！」

「是道奇汽車的挑戰者（Dodge Challenger）。再來，第二題。在《魂斷威尼斯》（*Death in Venice*）一片中，德克．波加第❸……」

「我知道！他愛上的小鬼叫做伯恩．安德森❹！」

「答錯！請把問題聽完。德克．波加第死去的那一幕，當時響起的……」

「我知道！只要是古典樂迷都知道那支曲子。馬勒第五號交響曲的第四樂章小慢板對吧？那首名曲被收錄在全球的樂曲合輯多達上百次。」

「答對！順便問一下，誠哥認識寬人哥嗎？」

我一邊伸懶腰，一邊看著店內的情況。為了營造黃昏的氣氛，燈光人員似乎正陷入苦戰。出租店的窗戶上貼著一張大大的電影海報，是《汽車總動員》（*Cars*）。

「他的名字我聽過，就是當上G少年第二把交椅的傢伙嘛。」

池內寬人據說是池袋本地出身的，比我和崇仔小四歲。他的名字最近迅速竄紅，大家都認為他總有一天會接替崇仔，當上國王。我攤開劇本，把裝進腦袋裡的台詞重新確認一次。一旦正式開拍，我就會變得非常緊張，原本想好要講的話，都會從腦海中消失。久朗在我身旁，靠在店面的窗戶上。

「寬人哥想和誠哥見一面，下次可以安排個時間嗎？」

我的視線沒有從劇本移開，說道：

「可以啊，隨時都行。我都已經閒到來拍這種電影了，時間要多少有多少。」

久朗露出不知是開玩笑還是認真的笑容，左顧右盼後說：

「不過這件事請不要告訴國王。目前寬人哥為了大和疾風的事，變得很神經質。」

「怎麼回事？」

我把劇本闔上，久朗開始低聲講述起來。

簡單整理一下久朗講的內容，大致是這樣子：

大和疾風在G少年內部屬於寬人這一派。G少年雖然很團結，卻是一個由許多小隊聚集而成的聯合組織，每個小隊對於國王崇仔的忠誠度也有高有低。

「誠哥聽過π的事情嗎？這可是熱騰騰的新事件喔。」

我搖搖頭。最近我沒和崇仔碰面，也沒講電話。

「繼大和疾風之後，昨晚發生了第二起襲擊事件。這次不是開車在路上的時候，地點是池袋本町的靈魂樂酒吧『Marvin』。半夜兩點左右，π那一隊的人在那裡喝酒，突然出現神祕的五人小組。」

---

❸ Dirk Bogarde：英國演員、小說家，一九二一年出生於倫敦，一九九九年去世。

❹ Björn Andrésen：瑞典演員，一九五五年生於斯德哥爾摩，在七〇年代有「世界第一美少年」之稱。

我點頭問道：

「是戴頭套的嗎？」

「嗯，沒錯。π的隊長叫做孝治，是我的朋友。他超會打架，在我們那所國中裡所向無敵，但是對方似乎兩三下就把他勒昏了。π小隊的五個成員都被打傷，酒吧也被搞得亂七八糟的。」

冬天的陽光很溫暖。在這條池袋二丁目的酒館街上曬太陽，溫暖到幾乎快要出汗了，我討厭流汗。都已經快十一點了，燈光還是沒搞定。

「有去報警嗎？」

G少年遇襲的事件，崇仔沒有給我任何情報，實在很奇怪。已經連續兩次了，為什麼連一通電話都沒有呢？久朗的眼睛半睜半閉著。

「這次沒有報警。一方面因為那家店是仰G少年的鼻息，最重要的是π那些人覺得很丟臉。問題在於大和疾風和π都是寬人哥旗下的小隊，這件事的背後會不會有什麼內幕？寬人哥的身邊開始有人在討論這類傳言。」

久朗似乎在觀察我的反應。

「這是什麼意思？」

雖然我知道久朗想說什麼，但還是想確認一下他的反應。

「請把它當成如特攝電影般的幻想：搞不好這是國王在背後運作的，搞不好他不希望G少年分裂成兩邊，所以想拔掉寬人哥那一派的尖牙。要在池袋找到那麼能打的傢伙，實在也沒幾個。如果是崇先生的話，說不定很容易找到。」

「原來如此。怎麼都是一些搞不好的情節啊？」

久朗咧嘴笑了，向我眨眼。

「總之，就只是幻想嘛。在《哈利波特4：火盃的考驗》裡，哈利波特和妙麗……」

我舉起手阻止他。

「拜託不要再說什麼冷知識了。我有些事情必須思考一下。」

我假裝在讀劇本，腦子裡開始研究起池袋街頭最近發生的事。

我拿出手機打給猴子。他是羽澤組系冰高組的涉外部長，也是我在地下世界設置的天線之一。

「嘿，猴子。現在方便打擾一下嗎？」

我緩緩走著，離開久朗身邊。如果被寬人知道談話內容，可就沒勁了。猴子以想睡的聲音說：

「什麼啊，是阿誠啊。再讓我睡一下吧。」

「已經十一點啦！趕快起來工作，不然我要向冰高先生告密喔。」

「我就是收到組長的命令，才會收集情報到早上的啊！」

那不就事隔不到一天嗎？我試著套猴子的話：

「是調查不良少年連續遭人襲擊的事嗎？」

猴子的語調突然變得俐落，似乎是從床上或墊被上爬起來了，傳來布的摩擦聲。

「你怎麼知道？阿誠，你又在其中扮演什麼角色了嗎？」

又不是我主動要把頭伸進奇怪的事件裡。

「別誣賴我，我可是和平愛好者。可以的話，我才不想插什麼手。不過因為這次和G少年有關，我沒辦法袖手旁觀。先別說這個，為什麼冰高先生對於不良少年的襲擊事件會感到緊張？」

猴子的聲音變得跟他老闆一樣冷靜。

「勢力均衡的問題。池袋的地下世界是由我們、豐島開發以及關西的京極會三個組織共同掌控的。你應該早就知道，池袋不是只有地下世界而已，還有一片極其寬廣的灰色地帶，在其中活動的是尚未組織化的小鬼或小混混。在這個灰色地帶，G少年具有壓倒性的實力。因此，事實上池袋這裡可以說是由地下的三大組織與G少年一起形成的勢力均衡狀態。冰高先生對這個世界的均衡狀態隨時都很敏感。」

我的腦中浮現冰高的長相，那張像是某家都市銀行分行長的臉孔。他大概是地下世界裡腦袋最好的人吧。雖然資金能力比不上豐島開發或京極會，卻能與比自己龐大的組織平起平坐。

「原來如此啊。」

猴子畢恭畢敬地說著，像是在引用什麼大學教授的話。

「如果均衡狀態已經倒向其中一方，那無所謂，因為任誰都看得出來。不過在那之前，如何早一步掌握失衡前的那個微妙瞬間，就很重要了。『唔，雖然覺得沒什麼關係，不過你還是先稍微調查一下G少年內部的狀況，而且今天早上就要查到喔』他到底什麼時候才睡覺呀？剛才還能聽取我的報告，實在搞不懂。」

我想像著患有失眠症的冰高，一整晚持續思考這座髒汙城市的勢力均衡問題。組長真辛苦，而且他是知識分子，這樣一來就更辛苦了。

「這樣呀。這麼說來，戴頭套的五人組就不是羽澤組系派去的嘛。」

猴子在電話那頭爆出笑聲。

「白痴啊你！我們襲擊G少年做什麼？目前池袋的均衡狀態對我們來說再好不過了。三加一，構成美麗的正方形。因為擔任涉外部長，所以我在豐島開發與京極會也有熟人。我直到早上都在收集的情報，就是和這有關。看看是不是有某個組織想破壞均衡狀態，才對G少年出手的。」

我不由得小聲叫喊起來。

「真的有嗎，想摧毀G少年的傢伙？」

「不，沒有。至少，豐島開發和京極會都對連續襲擊事件感到震驚。如果G少年垮了，任由池袋的小鬼們想做什麼就做什麼的話，每個組織都會覺得很傷腦筋。我們已經決定，如果再這樣亂下去，就要聯手支援G少年。」

「原來是這樣啊……」

我的想法很單純。我不認為崇仔會為了搞垮第二把交椅寬人，採取這麼麻煩的手段。這麼一來，能夠聚集那些危險男子的，也只有地下世界的人了，所以我才會打電話問猴子，卻發現池袋的地下世界也對此大感緊張。完全看不出這是怎麼一回事。

「誠哥，已經準備好了，麻煩過來彩排一下。」

才剛從影像類的專門學校畢業的錄音人員，從自動門的另一邊出聲叫我。我連忙把腦袋切換成演戲模式。

第十六幕的第一句台詞是什麼來著？

自從我出生以來嘗試過最困難的體驗之一，就是演戲。因為我自己也寫文章，所以背台詞不算什麼。但是，除了背台詞之外，還有堆積如山的課題從各個方向朝我飛來。第一，是身體的動作。要先走到那個租片櫃台，轉頭，再開始講話。再來，要對對方的台詞做出反應。就像我們平常在聊天那樣，一來一往。接下來則是要確認攝影機的位置。即使演得再好，如果攝影機沒拍到，也是白搭。

還有，必須因應導演的要求，不斷重複同一場戲。當攝影機以各種角度拍攝三、四次之後，我覺得自己已經變成了演戲的機器人。明明處於這種極度不自然的狀況下，導演卻不停地說要再自然一點、再放鬆一點。如果我做得到這種事，一開始就不會在水果行工作，或是寫那個沒人氣的專欄啦。總之，愈演我愈覺得混亂。

說真的，當初要是拒絕就好了。

第十六幕是一個很爆笑的場景：明廣發現自己喜歡的女生真理菜其實是個人盡可夫的女人。我把幾片熟女的A片拿到租片櫃台，明廣的台詞是這麼講的：

「你之前不是只看蘿莉的片子嗎？《四十路妻．中出溫泉旅行》，還有什麼《別脫我水手服！難道是在掩蓋妊娠紋!?水手服熟女的尖叫》。這個標題還真長呢。」

我咧嘴笑了。我飾演的角色是年收入只有兩百多萬圓、以看A片和到處吃拉麵當作人生目標的傻傻打工族。

「對我來說，女人都一樣，不管她們的年齡、臉蛋或胸部大小。」

明廣手中的機器一面發出嗶嗶聲讀取片子的條碼，一面說道：

「那只限於A片的世界吧。你從國中開始就不喜歡活生生的女人了，不是嗎？因為你都靠二次元的女人來滿足自己嘛。你家的老媽，幾歲來著？」

我皺起眉頭回想。

「好像是四十八吧。哇，和真理菜的紀錄一樣耶！」

根據劇情的設定，我並不知道真理菜和明廣正在交往。

「真理菜，是芹澤真理菜嗎？」

我抱著肚子低聲笑了出來。

「沒錯，就是那個真理菜。跟那傢伙上過床的男生人數是……」

「四十八回，不，四十八人嗎？」

「沒錯，但是應該早就超過五十了吧？因為這是今年夏天和真理菜交往的吉本告訴我的。」

明廣連忙拿出手機打電話。

「怎麼了啊？」

「少囉唆，我要問問真理菜，我是第五十人還是第五十一人？」

我把手伸向櫃台上的A片。

「喂喂喂，這有什麼差別嗎？」

明廣露出一副快哭出來的表情說：

「看我是在一百人之中的前半段，還是在折返點之後啊。兩者完全不同吧！」

我把零錢一個一個地放在櫃台上。

「不管是五十人還是一百人，如果真理菜和全池袋的男人上過床，我也不會驚訝。」

明廣從櫃台裡伸出身體，勒住我的脖子。卡！

第十六幕就到這裡結束，接下來是真理菜和明廣的對決。結果，明廣是因為真理菜的美色才任其擺布的。唔，雖然淨是些不入流的對話，但是明廣對台詞的停頓以及節奏的掌握都非常出色，拿著吊桿式麥克風的錄音人員都笑到噴飯，幾乎快NG了。當然，他應該早就已經讀過劇本了。

那一幕完全沒NG，我就完成彩排與正式拍攝了。因為腦中有一半在思考G少年遇襲的事，所以沒有對自己的演技感到緊張。這世界真是的，我們永遠摸不透下次派上用場的會是什麼。

寫專欄也是一樣，就去試試看，不用太緊張。總之，就算你再用力，原本不存在的力量也是無法使出來的。

「總覺得阿誠的演技變好囉。是不是發生了什麼事啊？」

明廣臉上露出幾乎沒睡的疲態，拍拍我的肩。他都是利用拍攝空檔的一點點時間，躺在出租店的地板上睡覺。我露出不解的表情回答：

「兩起襲擊事件，以及一打滿身是血的小鬼。」

「阿誠你可真有趣呀。明天也要麻煩你了。可以請你改穿別件衣服嗎？因為日期要換了。」

攝影組正在準備收拾離開，我說聲「辛苦了」，就離開出租店。一走出自動門，看見久朗站在那兒。

「剛才你演得真棒。誠哥，事情有點突然，寬人哥有話跟你談，你可以和他見個面嗎？」

我看了一眼手上的G-Shock，時間還不到中午。

「一個小時的話，可以。」

穿著黑色T恤的久朗舉起右手，就像變魔術一樣，眼前開來了一輛黑色的福斯Touareg。後座的窗戶以保護膜貼得黑黑的。

「看你等一下要去哪裡，都可以送你去。」

明廣也好，G少年也好，池袋全是一些不正常的人。還算正常的大概只有我吧。我一面在意自己腳上那雙髒髒的運動鞋，一面坐進昂貴的運動休旅車裡。

車子內部都是皮面的，和車體一樣黑，裡頭只有久朗、開車的小鬼和我而已。Touareg在綠色大道上緩緩行駛，銀杏的樹葉都掉光了，視野變得很好。接著，大大的車體開進某座立體停車場的電梯。

坐在車子裡搭電梯，就不會有往上升的感覺了。電梯門打開，運動休旅車倒車進入露天停車場，這裡好像是七樓。對面的辦公大樓裡，穿著白襯衫的上班族正在工作。

「請下車，誠哥。騎士在等你。」

池袋的小鬼大概很喜歡童話故事吧？又是國王，又是騎士的，只差一位皇后而已。我走下車，站在水泥地上。十二月的風穿過粗糙乾燥的大樓間隙向我吹來。

「哎呀，這可是我們第一次好好談話啊，誠哥。」

從柱子黑影之中出現的就是寬人。他沒有崇仔那種纖細感，是個體格很好的爽朗男子。G少年出乎意料是按照年功序列排名，因此對於大他四歲的我，他還是加了敬稱。他穿著黑色皮夾克與皮褲，看起來像是「假面騎士」新系列的反派角色。

「我聽說大和疾風和π的事了，你的小隊慘遭痛毆。」

他微微一笑。

「嗯，我吃了一驚。我這一派的小隊，大約占了G少年的三成左右；所以，連續遇襲的機率，算起來等於是百分之九。這很難將它視為偶然吧？」

他似乎從一開始就抱持著和崇仔敵對的態度。

「不過目前還不知道到底是何方神聖在搞鬼吧？搞不好是哪個對寬人懷有恨意的小鬼幹的。你之前應該也碰過不少吧？」

寬人伸出原本插在口袋裡的手。他戴著露出指頭的皮手套，要是被那種東西打到，似乎會很痛。

「確實。不過也有傳言說，不知道是哪個單位的誰，雇用了『影子』。」

我忍不住要吹起口哨。「影子」是地下世界的職業殺手，不過沒有人知道他的真實身分。寬人好整以暇說道：

「如果接下來又是我這邊的小隊遇襲，我就不覺得是偶然了。機率比起百分之五的消費稅還要小，誰會相信又是我的小隊碰巧遇到而已？到那個時候，G少年內部會引發戰爭吧。我問你，誠哥，到時你會怎麼做？」

我目測著寬人的身高，他大約比崇仔高個十公分，體重或許重個二十公斤。就力量方面來說，不可能贏過這傢伙。

「我和G少年毫無瓜葛，而且我一向抱持著中立的立場，無論是對你們這些小鬼或黑道都一樣。」

池袋的新騎士噗嗤笑了。

「這種台詞，哪個傢伙會相信？一直以來，你都是國王的忠狗，而且還是一隻既膽小又愛好和平的忠狗，沒想過要把勢力範圍拓展到池袋以外的地方。這一點，和國王一樣呢。」

沒有腦袋的男人。他難道以為只要憑著蠻力，別人就會跟隨他嗎？

「你想到池袋外面去嗎？」

他咧嘴笑著，點點頭。吹來的風變冷了。

「嗯，想啊。如果可以指揮全東京的小鬼，你不覺得可以做出一番了不起的大事嗎？」

寬人的視線越過水泥欄杆望去。大樓的壁面一直延伸，直到遙遠的那一端。這是座玻璃與高樓大廈構成的森林。

「你聽好，誠哥。G少年如果採取不同的做法，會變得更壯大。那樣一來，黑道根本不是對手。要不要趁現在加入我這邊？如果你肯過來，我可以安排一個好職位。不必在什麼水果行工作，收入也會變好；不必再開日產小貨卡，可以改搭BMW或賓士車。」

我的頭腦不太好，對於這種太有甜頭的事實在無法理解。

「你爸媽沒告訴過你嗎？天下沒有白吃的午餐。沒幫人家做事，午餐吃起來也不美味吧？」

寬人露出焦躁的表情。他還只是個小鬼。

「所以我就說了，你來幫我做事。國王已經老了，總有一天，他還是得把王位讓出來。目前來說，除了我之外沒有別人了。如果你無論如何只想與國王合作的話，那你就幫他到最後一刻好了。」

我最討厭有人這樣命令我。我漸漸開始厭惡G少年的第二把交椅了。

「寬人，你不是我的朋友也不是什麼夥伴，少命令我。想掌控G少年，你還早一百年呢。」

他的臉色變了，一面緩緩扭著脖子，一面脫掉皮夾克。無袖背心的下方，是練得頗為結實的肌肉。這是一副「只有肌肉，別無他物」的軀體。

「那就換個說法好了。你把襲擊我們小隊的頭套小鬼找出來，如果是影子，請把他的藏身之處告訴我。要是再有我的小隊遇襲，就視同對我宣戰。那樣的話，G少年內部沒有任何一個小鬼能夠保持中立，池袋會下起血雨喔。」

我幾乎要慘叫起來了，因為我想起了「太陽60通內戰」。被刺的小鬼、著火的車子、每天此起彼落的流言。我的聲音變得低沉沙啞。

「你要對誰開戰？」

寬人露出好整以暇的笑容。

「你的好朋友安藤崇，落魄的池袋國王。」

這傢伙真的瘋了。

「你對崇仔開戰，自以為贏得了他嗎？收手吧，你不知道崇仔是怎樣的人。」

他深吸一口氣，挺起胸膛，看起來像是在扮演泰山。

「不，我很清楚。無論是他或你都已經老了，已經有點昏庸到無法在街頭生存。我們不用再聊下去，你就趕快找出頭套小鬼吧。我已經失去對你的興趣了。」

寬人舉起右手，手指一彈，Touareg就從停車場另一頭猛然衝過來。車子緊貼著我停下來，車門打開，久朗露出困擾的表情。

「談判破裂了嗎，誠哥？真遺憾。」

我默默上車，關上門。

「不會。拍片的時候我還是可以陪你討論冷知識。但是你的老闆缺少做人的魅力呢。他缺少的似乎不只是腦漿而已。」

久朗聳聳肩。運動休旅車開進了電梯的四角形黑暗裡。

❦

「你跑去哪了，阿誠？我想看的表演都結束了啦。」

在西一番街水果行裡等著我的，是老媽的猛烈一擊。說真的，她可是個比什麼寬人還要恐怖得多的對手。老媽很愛看表演，經常去那棟走路只要幾分鐘的池袋演藝場。

「午間的表演節目已經開始了啦，真是的。店交給你啦。」

她丟下圍裙，急忙離開店裡。店交給我顧，電影找我拍，神祕的頭套集團也要我來找。我到底該怎麼做才好？一切都變得好麻煩。我在二樓四疊半的房間裡開始挑選CD。

當我要好好思考時，少不了美好的音樂。一聽到美妙的旋律，就覺得自己變高尚了。唔，雖然這只是錯覺，但是在思考什麼事的時候，這種錯覺卻有助於想出好點子，像是頭腦的營養補充飲料。

明亮的冬季午後，店裡的CD錄放音機裡播放著神童沃夫岡的歌劇。雖然我稱之為沃夫岡，卻不是指沃夫岡・阿瑪迪斯・莫札特，而是奧地利維也納的作曲家艾里布・沃夫岡・康果爾德（Erich Wolfgang Korngold）。《死亡之城》（*Die tot Stadt*）是他二十二歲時寫下的代表作。雖然大家稱他為天才，但是這個男人的運氣不太好。一九三八年，納粹德國吞併奧地利，身為猶太人的康果爾德亡命美國。仔細想想，也是託納粹的福，好萊塢才能免費撿到很多人才。

康果爾德在金錢方面當然有困難。無論是什麼時代，音樂家可以做的工作都不算多。他在無可奈何之下，找到一份替好萊塢電影寫配樂的工作。由於他確實是個才能出眾的作曲家，因而二度獲頒奧斯卡最佳原創音樂獎❺；不過學院派的音樂世界卻自此完全無視他的存在，不予評價，說他為了錢出賣靈魂云云。

不過《死亡之城》是齣很酷的歌劇，和這種事完全沒關係。如果你也喜歡華格納（崔斯坦與伊索德❻！）或理察・史特勞斯（玫瑰騎士❼！）的話，不妨找來聽聽看。一種文化一旦高度發展，就會變成易於理解的音樂。

不過要說到高度發展的文化，現代的東京不遑多讓。畢竟，你可以在車站前面一家賣富有柿的水果行，聽到《死亡之城》裡的〈瑪莉耶塔之歌〉（*Marietta's Lied*）。啊！池袋，表演與藝術的城市！我一面聽著極其複雜的交響樂，一面思考。

我想著頭套集團與新騎士寬人，以及池袋地下世界的勢力均衡。其中最讓我在意的是，崇仔為什麼沒有提供我任何情報。難道他忘了我是在這裡出生的嗎？

他置身在這麼大的風暴中心，卻連通電話也不打來。我一邊賣著富有柿、富士蘋果、早熟的溫州柑橘，愈想愈火大。不是為了難以處理的麻煩，而是為了崇仔的冷淡。

天黑時，我忍無可忍，拿出手機。即使不盯著手機螢幕，我的手指也能自動按出崇仔的電話號碼。

手機那頭傳來冰冷的空氣，立刻就知道接電話的是崇仔。我的聲音應該很憤怒吧。

❺兩部電影分別是《風流世家》（*Anthony Adverse*）、《羅賓漢冒險記》（*The Adventures of Robin Hood*）。

❻Richard Wagner：一八一三年生，屬浪漫樂派的德國音樂家。《崔斯坦與伊索德》（*Tristan und Isolde*）原為中世紀愛情故事，經華格納改編為歌劇。

❼Richard Georg Strauss：一八六四年生，是德國浪漫主義作曲家、指揮家。《玫瑰騎士》（*Der Rosenka valier*）是仿照莫札特風格譜寫的一齣喜歌劇。

「你在幹嘛，崇仔？」

他的聲音一如往常，像冰一樣冷冽。

「沒特別在幹嘛。」

我不把他的冷靜當一回事，自顧自地說：

「既然沒事，今天晚上抽出一點時間給我吧。有些事情在電話裡講不清楚，要當面找你談。」

是因為被我的氣勢震懾了嗎？他以讓人覺得掃興的乾脆態度回答：

「我知道了。十一點在西口公園，可以嗎？」

吃驚的人是我。實在很難想像，我突然打電話過去，他卻這麼聽話地安排時間給我。國王的工作是很忙的。

「除此之外，還有什麼事嗎？」

崇仔的聲音在冷淡中帶有笑意，就像冬天在溫暖的房間吃著冰淇淋。

「不，沒什麼事。你是不是頭腦有點不清楚？」

「或許是吧。在這種地方幹國王，搞不好會漸漸瘋掉。那晚上見了。」

他猛然掛掉電話。總覺得有不祥的預感。這樣的國王太開朗、太正經，也太正常了，跟老百姓沒兩樣。這通電話讓我有種忐忑不安的感覺。

那天晚上店裡打烊之後，我走到西口公園。即使是這麼冷的天氣，圓形廣場的長椅還是有一半以上都坐滿了。剛吃完尾牙的上班族團體，以及在最後一班電車之前不想回家的年輕情侶們，都逗留在這座位於霓虹燈谷底的公園。

我找了張空著的長椅坐下，等待國王到來。這幾年來，我已經多少次像這樣等他到來了呢？我們攜手合作，解決了無數發生在這裡的麻煩。那個崇仔卻打算離開我，跑到別的地方去。這種事真是太讓人不安了。

背後傳來冰的聲音。

「怎麼啦，阿誠，你的背影散發著哀愁喔。」

我頭也不回地回答他：

「我現在正忙著拍電影。搞不好我已經連背影都能演戲了。」

崇仔抿嘴笑了，在我旁邊坐下。那是坐起來不太舒服的圓粗鋼管椅。

「我知道。一個叫明廣還是什麼的瘋小子在拍的電影，對吧？」

我之前太小看G少年的情報收集能力了。

「你派人來刺探我嗎？」

雖然是冬天，崇仔仍然穿著全白的皮質風衣。這種衣服，只適合某家牛郎店的第一紅牌，或是小鬼們的國王穿而已。

「不是刺探。如果一定要說，是保護你。當上部長之後，就會有貼身隨扈，對吧？」

我驚訝地問道：

「難道我是池袋的部長嗎？」

崇仔毫不掩飾地笑了。一定有精銳部隊在哪裡保護著國王吧？從長椅這裡完全看不到那些傢伙的身影。

「沒錯，阿誠是重要人物。你是池袋這裡勢力均衡的關鍵呢。」

好像在哪裡聽過一樣的話。

「猴子也說過，池袋目前的均衡狀態，對於黑道組織或G少年的小鬼們來說，都是最舒適的。現在卻開始動搖起來了呢。」

崇仔以一副事不關己的表情點點頭。

「我知道，戴頭套的那些人對吧？」

「今天下午，我和寬人碰過面了。他自稱是騎士，是個頭腦似乎不怎麼靈光的小鬼。那傢伙在懷疑你，我想你早就知道了吧。」

他又輕輕地笑了一聲，點點頭。眼前這個男人真是不可思議，無論身處任何局面，看起來都很放鬆。

「我知道。那傢伙雖然很有一套，經驗卻不夠。還有，他不像我有個好搭檔。」

G少年的國王瞄了我一眼。這次我在心底捧腹大笑。好搭檔？我知道少說有好幾十個男的，為了讓國王對自己講出這句話，連命都不要了。我努力壓抑驚訝地說：

「下次如果又是寬人的小隊遇襲，他會視同宣戰，似乎要對你出手。那樣的話，就會演變成G少年內部的戰爭了。你還記得吧，太陽60通內戰？」

崇仔的表情變得稍微認真一點。他盤著手說：

「嗯。那個時候，一群到昨天為止還是夥伴的人，在街道兩側分裂成敵人與同伴，流了很多血呢。但這次應該不會像當時那麼嚴重吧。寬人確實很行，卻少了京一那種魅力。」

「可是，他旗下擁有G少年三成的人力。如果雙方分裂、演變為戰爭的話，事情就大條了。池袋這裡的勢力均衡狀態將會徹底瓦解。」

崇仔在半夜的長椅上伸懶腰。他看著喝醉的上班族，悠閒地說：

「我和阿誠過去或許也曾有過那樣的生存方式吧——完全不管這種麻煩事，只過著安靜的普通生活；不去想別人的事，只專心做眼前的工作。如果我們回頭去看高工的時候，根本想像不到現在的生活。」

這一點我有同感。我們努力在池袋生存下來，在這個過程中，與地下世界以及警察產生了聯繫，曾幾何時自己竟然變成了維持平衡狀態的角色，必須為了維護池袋的均衡採取行動。崇仔說：

「這一次，難搞的不只是戴頭套的男子而已，地下世界還流傳著另一則危險的傳言：某個組織找來了影子。阿誠，關於影子你知道多少？」

我回答不知道。我只知道自己落在西一番街人行道上的細長影子而已。

「你叫他影子或shadow都可以，那傢伙似乎只接自己中意的工作。他的收費極高，是地下世界的最高等級。格鬥時他是空手，傳說到目前為止尚無敗績。那傢伙現在就在池袋。」

我覺得害怕起來，回頭往長椅的後面看。身分不明、不知躲在哪裡的影子。

「搞不好頭套軍團的團長就是那個影子也說不定。畢竟，他們裡頭好像只有一個人的功夫特別厲害。」

π的五人之中，有三人都是被同一個男人打垮的。手肘、肩膀，以及脖子的韌帶、關節都在一瞬間遭到破壞。

「或許是那樣，也或許不是那樣。無論如何，對G少年來說，有兩組極其危險的敵人正在池袋徘徊。我這次之所以不和你聯絡，就是基於這個原因。連G少年都動彈不得的麻煩，我不想把阿誠也捲進來。因為，我不確定能否保護你的安全。」

北風藉著建築物的壁面增加了勢頭，穿過石板路呼嘯吹來，像剃刀一樣銳利地從皮膚表面奪走體熱。我的內心倒是十分火大，但不是因為什麼北風的關係。

「你少瞧不起我，崇仔。你再說下去，我可要連你也揍了。」

池袋的孩子王嚇了一跳，盯著我看。

「你把我當成什麼了？只在安全的時候一起混，一有什麼危險就見死不救？你把我看成這種男人嗎？我是個笨蛋，所以不懂什麼友情；可是一起走過危險的橋、一起承擔龐大的損失，這才算是朋友吧。你身邊有幾個能讓你打從心底信賴的人？少看不起我，崇仔。」

我沒有崇仔揮出的那種拳頭，在小鬼之中也沒有人望。然而一遇到什麼事，能做的我都願意做。如果他找我幫忙，我會赴湯蹈火。一直凝視著我的崇仔開口了。

「你呀，是個不折不扣的笨蛋。」

然後他緩緩笑了，彷彿冰塊的一角開始融化。

「同時你也是我的朋友。剛才那段台詞如果是由其他的傢伙來講，我會想吐；但是從阿誠嘴裡講出來的話，就沒辦法了。認真說起來，確實也是那樣沒錯。既然如此，你就幫我的忙吧。幫我找出戴頭套的那些人，然後我會設法阻止他們。」

我感受到自己的身體湧起一股力量。

「這件事，寬人已經先拜託我了。至於影子那邊，怎麼辦？」

崇仔稍微蹙了一下眉頭。憂愁的國王。

「關於這點，現在連他的目標是什麼、是哪個組織找來的都還不清楚。G少年雖然嚴陣以待，但就目前看來，也沒辦法做什麼。當然，如果能把影子拉到明亮的光線底下，我不會有意見。」

我不由得得意忘形起來，伸出了右手。國王看著我的右手，又看著我，接著他緊握著我的手說：

「你聽好，絕對別跟G少年的小鬼說我和你握過手。如果你說出去，我會讓阿誠的頭蓋骨變形到無法辨認出原本的形狀。」

「好、好、好，國王。我不會向所有家臣透露任何消息的。」

崇仔揚起一側的嘴角說：

「阿誠實在很適合這種沒教養的奴隸台詞呢。」

當我們要在西口公園分開之前，崇仔的手機突然響了起來。聽取對方的報告後，他只回了一句就掛斷手機，對我說：

「阿誠，又有襲擊事件。」

我的心臟亂了節奏，猛力跳動。

「又是寬人手下的小隊嗎？」

或許慢了一步，我已經做好G少年即將發生內戰的心理準備了……話才講到一半，崇仔就像被風捲走一樣跑了起來，我也連忙追在他身後。他連氣也不喘，越過肩膀對我說：

「不，不是，是一間位於池袋二丁目的台灣料理店，遇襲的似乎是中國系的組織。用跑的會比叫車子快。」

我們無視於紅燈，跑了大約三個路口。雖然差距漸漸拉開，我還是勉強追上了崇仔。用比較客氣的說法，這傢伙根本是腳上長了翅膀。

身上帶著手機的小鬼似乎都從夜晚的街上湧了過來，急速趕往二丁目。無論是火災還是打架，夜晚的鬧區只要發生什麼麻煩，就會看到這種景象——看熱鬧的人大量湧現。

這間店不是為日本人，而是為中國人開的，牆上菜單寫的都是漢字。這種店在池袋有很多，像是泰國、韓國、中國、菲律賓、越南以及其他國家。

「國王，在這邊。」

G少年的小鬼悄聲招手。在小巷的昏暗一角，有四個男人倒在地上。不知為何，光看他們的穿著，就知道是中國系組織的成員。雖然在品味上與日本流氓大致相同，仍有一點微妙的差異。旁邊有其他中國人正在照料倒地的男子，快速地以聽不懂的語言說著什麼，像是在罵人。崇仔問那個G少年：

「這裡發生了什麼事，PG？」

這個小鬼穿著一件長度直達腳踝的野戰外套，街頭代號似乎是ＰＧ，意義不明。他在崇仔面前立正站好。我說：

「如果你再不放鬆一點，剛才看到的事會想不起來喔。」

四周漸漸聚集了很多人。幾個男的倒在中華飯店的紅色看板附近，看熱鬧的人將現場團團圍住，中間隔出一塊無人地帶，形成一片廣場。一個不知道是不是老大、穿著黑色西裝的矮小老男人，不知道在叫著什麼。ＰＧ身體發著抖說：

「這間是最近正在拓展的中國系組織經常光顧的店，因為這裡既便宜又好吃。今天晚上，上面交代我要監視這裡。事情大概發生在那個老大進了店裡三十分鐘之後吧。」

ＰＧ指著店的入口，以及面向道路的那個角落。

「角落和窗戶那裡，各有兩個保鑣站著。天氣很冷，我一直原地踏步，但是一直等不到他們老大從店裡出來。所以，我去那邊的便利商店買了一罐熱咖啡回來。算起來應該只離開一、兩分鐘而已。」

小鬼似乎對眼前的景象感到難以置信。崇仔從容地說：

「你一回來，發現幾個男的都倒在地上了。連是誰幹的、怎麼幹的都不知道。你本來應該看到的，卻沒看到。」

崇仔的眼神飄向倒地的男子們。

「雖然都失去意識，卻看不出關節被折斷的跡象。沒有人表示疼痛。我只知道一個人能做到這種事，大概是影子吧。」

ＰＧ聽到這句話，開始發抖。

「雖然國王在這裡，但我忍不住要說，沒看到他真是好險。根據傳言，看到影子的人都活不了太久。」

能夠在一瞬間擊倒四個人，這不是常人能辦到的。不過除了影子之外，我知道還有一個人能做到這件事。那個人毫無疑問不是犯人，也不是影子；是國王，安藤崇。因為他是和我一起衝到這個現場來的。

過了一陣子，巡邏車的警笛聲漸漸從遠方靠近。中國系的男子們聽到那聲音，趕緊扶起倒地的那幾個，撤離現場。他們老大的身影早就消失了。警察抵達的時候，只剩下醉客和看熱鬧的群眾而已，中華飯店也準備打烊了。

在一片混亂的現場，突然有人拍我的肩。一轉頭，明廣右手拿著攝影機站在那兒。

「我剛才在出租店聽到附近好像很吵，這裡到底怎麼了啊？」

他手裡的攝影機一直拍個不停，一面拍電影，一面也自己拍攝幕後花絮，那台3CCD攝影機從來不曾離開他身邊。他緩緩地轉著鏡頭，捕捉現場的氛圍，原本對著我的鏡頭轉向了崇仔。

「喂，別拍這傢伙啦，等下他會搶走你的帶子喔。」

崇仔只是以尖銳冰柱般的視線緊盯著明廣，這位業餘導演馬上停下了攝影機。都大半夜了，他的精神還是這麼好。

「我正在拍電影，你能不能也來演呢？你散發出一種很棒的氣息，最重要的是長相很正。」

然後他又瞄了我一眼，那是池袋女人們對我的一貫反應。
「阿誠也不差啦。但是能不能請你來演個沒血沒淚的反派角色呢？我可以馬上重寫劇本。」
「我不要。阿誠，走吧。」
就連明廣也拿崇仔沒辦法。警察開始詢問看熱鬧的群眾剛才發生了什麼事，我們悄悄離開了現場。

崇仔和我回到西口五叉路。丸井百貨被裝飾得很有聖誕節的氣氛，保時捷的休旅車在百貨前開啟雙閃警示燈，排氣管噴出的白色氣體在路上延伸。
「阿誠，你幫我打給猴子。」
我看看手錶，才剛過十二點而已。拿出手機撥了猴子的電話，他的聲音比早上有精神得多。
「阿誠嗎？幹嘛？我現在要處理很多電話，忙得很。如果沒有要緊事，等一下再打來吧。」
咱們的涉外部長有三支手機，分別用於不同的工作項目。
「中國系的組織遇襲了。我和崇仔才剛去看過現場。」
「你說什麼？我這邊剛好也在討論這件事。快說，阿誠。」
我轉述了從那個G少年小鬼那裡聽來的內容：沒有任何人看到犯人，才不過幾十秒的時間，四名保鑣就倒在十二月的柏油路上了。最後我說：
「崇仔說是影子幹的。猴子，池袋有沒有什麼組織和那個中國系組織起了衝突？我們想知道到底是誰把影子找來的。」

猴子大大吸了一口氣，頓了一拍才回答：

「不知道。稍早之前，雖然也聽說影子已經來到池袋的傳聞，但是至少這裡的三大組織，應該都沒有找他來才對，也沒聽說有哪個組織和中國系有過節。我不是說過嗎，目前池袋這裡的勢力相當平衡。」

崇仔靠在丸井百貨前的巨大圓柱上，額頭前的劉海隨著夜風擺動。白色大衣的下襬偶爾會被吹翻起來，裡面是會反光的銀色。

「我認為這次的事件是個威脅：『再怎麼保護老大都沒用，我隨時可以取人性命喔』。如果不是大型組織，到底是誰會向目無法紀的中國系勢力出手？」

聽到我的話，崇仔低聲說道：

「某個想創造新均衡狀態的勢力。向G少年出手，又對中國黑道出手；與其向大型組織發動攻擊，這樣做至少會比較安全。新勢力漸漸滲透到這裡了，雖然還不知道是哪裡來的組織。你就這麼跟猴子說吧，叫他也把這番話告訴冰高。」

我鬆開按在通話口上的手，照著崇仔的話說了。猴子的反應變得愈來愈熱切。

「是這樣呀？到處亂捅、破壞平衡，想藉此在空出來的地方建立據點的組織，是嗎？如果是這樣，就不只是單純襲擊G少年那麼簡單了。近期之內或許有必要召集各方大頭開個會。」

豐島開發的多田與羽澤組系冰高組的冰高，以及京極會的幹部。我也曾經參加過幾次那種御前會議，如果可以的話，我實在不想和那些人呼吸同一個房間裡的空氣。猴子要我一有新的發現就告訴他，跟他說了再見之後，我就掛了電話。

「來吧，我送你回水果行。」

崇仔才剛說完，我正要坐進保時捷Cayenne時，眼前停了一輛Touareg。先前我沒注意到，這輛運動休旅車是配置了十二汽缸引擎的最頂級車款，完全不輸保時捷。寬人從高高的座椅上下了車。

「等等，我有話要說。」

G少年的第一與第二把交椅隔著一根圓柱對望。身材大兩號的是新騎士，而崇仔的身體就像模特兒一樣細瘦。

「喂，崇仔。」

寬人突然直呼國王的名字。崇仔像無風之日的水面一般，什麼反應也沒有。

「終於發生第三起襲擊事件了。」

他指的是二丁目中國系組織的事嗎？崇仔以全然讀不出感情的聲音回答了一句：

「嗯。」

「地點在西池袋的巷子裡，遇襲的小隊是Excelsior，果然又是我旗下的成員。這到底是怎麼回事？要搞鬼的話，就直接放馬過來。什麼國王嘛！只會搞這種小動作。」

崇仔的聲音極其低沉，幾乎到了難以聽清楚的地步。

「那些人也是關節被打斷嗎？」

是為了讓身材看起來更壯碩嗎?寬人挺胸大大吸了一口氣。

「一半是關節被打斷，剩下的是傷在其他部位，似乎都受到重擊，有些小鬼的臉腫了起來。」

「這樣呀?那些傢伙果然不是影子。」

寬人似乎已經忍無可忍了。他不知道在大吼什麼，以靴子底部用力踢了大理石圓柱一腳。

「你在說什麼!那種東西就跟幽靈一樣，不過是傳聞而已吧。我可是有三個小隊已經徹底被摧毀了啊。在池袋這裡，還有什麼人會因為襲擊我的小隊而得到好處?在背地裡偷笑的就是崇仔你吧!」

現任孩子王花了一段時間緩緩堆出笑容。

「想當第一把交椅的話，就不要只靠四肢，多用點大腦。今天晚上，池袋二丁目有個中國系組織遇襲，四名保鑣在一瞬間就被撂倒。那邊似乎沒有任何一個人的關節被打斷，對吧，阿誠?」

我點點頭，目光沒有離開寬人。如果這傢伙想對崇仔出手，即使只能擋一下子，我也要幫他爭取時間。任憑他再怎麼孔武有力，只要一有空隙，國王一定可以把騎士解決掉吧。

「今晚池袋有兩頭野獸肆虐。正牌的影子，以及偽裝成影子、想在G少年內部引發戰爭的頭套軍團。他們很清楚G少年的弱點，也就是寬人你呀。」

寬人的雙手交叉在胸部較高的位置。

「崇仔，你只有那張嘴還行。至於傳說中你的拳頭到底有多快，要不要讓我的身體來確認看看?我在這裡奉陪。」

此時，增援的巡邏車閃著紅燈，駛過西口五叉路。

「唔，今晚就算了吧。但是從明天開始，我這一派就要從G少年獨立出來，我們不再受你指揮了。

你可別碰我們小隊啊，知道了嗎，崇仔？」

深夜裡的獨立宣言。崇仔面不改色地點了頭。寬人的運動休旅車開走了，我坐進崇仔的保時捷裡。從車子開動到抵達家門的兩分鐘裡，崇仔、我以及G少年的司機，沒有人開口說話。開著空調的車內，充斥著一股一旦打破寂靜、彷彿就會爆炸的空氣。

不管池袋發生了什麼事，明廣的電影還是繼續拍攝。

隔天早上，雖然很想臨陣脫逃，但別看我這樣，我可是很講義氣，仍然乖乖出門前往拍片現場的錄影帶出租店。算算也差不多十天了，原本預計拍攝三個星期，現在已經過了一半的時間。我和明廣、久朗以及其他工作人員，已經很有默契了。因為大家隨時都在講很蠢的笑話，所以無論是在拍攝過程或等待的休息時間，氣氛都沒什麼不同。

「第三十四幕，麻煩各位。久朗，請過來。誠哥這一幕休息。」

副導演的聲音傳了過來，他是中途加入的某大學電影研究會成員。久朗看起來就像昨晚什麼事都沒發生一樣消失在店裡。我的劇本由於翻開了無數次，膨脹得像電話簿那麼厚。畢竟拍片已經進入第二週，現在也都習慣了。出租店門口排放了幾張從折扣商店買來的導演椅，折疊式的小桌子上則擺滿便利商店的便當與零食。明廣遵守原本的約定，供應源源不絕的食物給大家。

早上的陽光強烈地照在路上，幾十公尺前方是四名保鑣倒地的那家中華飯店。一切都好虛幻——G

少年的戰爭、影子的能力，以及頭套軍團五人組。真實的只有明廣玩笑般的電影而已。真是奇怪，在這種氣氛之下，小說給人的感覺反而真實得多。開始拍電影之後，我第一次察覺到這一點。

輪到我下次出場，還有將近一個小時。因此我決定就算坐在這裡，也要做一些調查。我用手機連上網路，搜尋東京所有綜合格鬥技的道場。不論戴頭套的是誰，那種破壞關節的技術毫無疑問是在某家道場或健身房裡學來的，所以我想至少先試著探查一下底細。

可是看到搜尋結果的第一頁，我就嚇到了。綜合格鬥技的道場，光是東京就有幾百家。空手道、柔道、柔術、合氣道、日本拳法，還有中國拳法、俄羅斯的桑搏（sambo）格鬥技，以及踢拳道（kickboxing）。這一切都位於統稱為綜合格鬥技的廣大海洋裡。即使只查豐島區的部分，也有近五十家道場與健身房。這樣一來，實在無法布網。

我只好失望地關上手機。

搜尋這種功能真讓人難以理解。在你開始做某件事之前，它會讓你覺得自己似乎已經懂了，有時卻又會讓你失去幹勁。資訊量多成這樣，簡直和純粹的暴力沒什麼兩樣。

我決定不靠手機或網路，要以自己的方式找出那群頭套男以及影子。就用以往那種積極出擊的方式吧，反正船到橋頭自然直，沒必要改變向來的做法。而且我很怕網路，那種等於是匿名互揭瘡疤的東西，我不是很喜歡。

不久之後，猴子打電話給我。

「阿誠，有消息！」

一劈頭就這麼亢奮，給人一種「完成了高難度的特技表演，希望有香蕉打賞」的感覺。已經回到劇本上的我則冷淡以對。這幾天下來，我已經能夠依照自己的想法創造角色的個性了。

「幹嘛啊，我正忙著拍片哩。」

「吵死了，崇仔已經告訴我了啦。你這傢伙當得了演員嗎？明明連錄影帶和三十五釐米影片之間的差異都搞不清楚。電影每秒有幾格？」

我說我不知道。

「二十四格啦。我國、高中把自己關在房裡不出來時，看了一堆電影。這種事不重要，出現新的線索了。」

讓人意外的猴子。我們都是不能光靠外表判斷的生物。

「是什麼黑道組織嗎？」

我彷彿能夠看見猴子的得意表情。他裝模作樣地說：

「沒錯。是北關東。你聽過丸權總業嗎？」

沒聽過。

「那個組織與旗下子公司馬爾斯企業，似乎正圖謀進入池袋。這是影子周遭的人洩露出來的情報。姑且不管頭套軍團，把影子找來的很可能就是他們。馬爾斯那些傢伙，先前不久才因為池袋本町一棟商業混合大樓的利益問題，和中國黑道有過糾紛。」

「這樣呀。那家公司在哪裡？」

電話裡傳來挪動紙張的沙沙聲。

「找到了。你聽好，東池袋二丁目。」

猴子告訴我門牌號碼，我拿起放在劇本旁邊的紅筆抄下來。不論是讀劇本或解決麻煩，紅筆果然是必備的工具。

「我知道了，在靠近西巢鴨橋附近對吧？」

「嗯，沒錯。阿誠，你可別一個人涉險啊，這次的對手可是那個影子以及頭套軍團。已經有中國黑道與三個G少年小隊被解決了，那不是你對付得了的對手。」

我說我知道，掛上了電話。好幾項情報開始在腦中猛烈地轉動起來，這是最讓人開心的時刻。該怎麼逮到他們呢？至少已經漸漸看出對手的模糊輪廓了。

我覺得坐立難安，於是從導演椅上站起來，在出租店前左右來回踱步。此舉實在是太失策了。因為太過專注了，完全沒有留意周遭的事物。無論是在演戲或在現實世界，這都是一種極其危險的狀態。

我覺得背後有人盯著我看，就像被毒蛾吸住肩膀那種停滯不動的眼神，接著某種冰冰涼涼、扁扁的東西碰觸我的脖子後方。

「不許動，真島誠。」

沒聽過的聲音。我開始冒冷汗。任何人只要脖子被刀抵住，都會這樣吧。他以另一隻手緊緊抓住我的皮帶，把我拉近身邊，力氣真是大得驚人。我的脖子和腰都被控制住了，即使想動，卻連回個頭都沒辦法。

「我回來了。真島誠，你知道我是誰嗎？」

不知何時，他已經抓住我的背，像影子一樣緊黏著我了。這傢伙會是影子嗎？

「不知道。你以前待過池袋嗎？」

他悶聲一笑說道：

「可以算是待過，也可以算是沒有，不過我和你有仇這一點是可以確定的。你大概以為我是想打垮G少年，或是黑道在爭地盤吧？我固然也有這個意思，但只是順便而已。我一開始打算的，是要從你身上奪走力量，也就是G少年這個街頭網絡。」

雖然我不知道他是誰，不過這個男的似乎不是影子，而是頭套軍團的團長。這傢伙說，G少年的戰爭與黑道爭地盤都只是順便而已，目的是要打垮我。

「既然這樣，為什麼不直接找我就好了？」

他的聲音沙沙的，像是用砂紙磨過似的。雖然不是背後這個人，但我總覺得以前聽過類似的聲音。

「如果只是這樣未免太無聊了，而且對我也沒好處。我要在這裡打造新的勢力地圖，打垮G少年、由我們接收池袋的灰色地帶，全黑地帶就送給黑道。共存共榮對吧？」

他似乎對自己的力量很有自信。雖然我還在冒冷汗，卻覺得他不會當場突然刺殺我。光天化日之下，這裡可是鬧區呢。為了爭取時間，我對他說：

「就是北關東的馬爾斯企業那些傢伙，對吧？池袋地下世界的那些人也不是白痴，你們的事再過不久就是公開的祕密了，你頭套底下的那張臉也是一樣。」

我的脖子出現短暫的刺痛感，某個東西沿著皮膚表面往下滑。

「你可真是個具有玩弄價值的有趣傢伙呀！我就最後再來找你報仇好了。」

在刀子移開的同時，某種像蛇一樣黑黑的東西纏住了我的脖子。是他的手。隆起的上臂二頭肌勒住了我的頸動脈，我根本無暇感到痛苦。雖然我的手伸向他的手臂，但是在我的脖子和他的手臂之間，連指甲可以插進去的縫隙都沒有。

我的意識漸漸模糊，最後看了一下身旁的景象。錄影帶出租店裡，非主流喜劇電影仍然熱鬧地持續拍攝。在貼滿好萊塢電影海報的窗戶那一頭，可以看到明廣的攝影機。那個小小的鏡頭旁邊，「攝影中」的紅色指示燈正亮著。

（就是這東西……）

對自己說完最後一句話之後，我就陷入什麼也看不見的黑暗裡了。該怎麼形容才好呢？那是一種讓人極其舒暢且快活的黑暗。

失去意識是一種無上的快感，你也可以嘗試一次看看。

沒有任何讓你心煩的事，也沒有苦痛、擔心與不安。當然，冬戰爭的戰況以及影子或頭套軍團也和你無關。那一瞬間，什麼未來都變成零，只有原本明亮的眼界漸漸黑掉而已。如同池袋二丁目沒品味的差勁畫家的調色盤上混成一團的汙濁顏色，漸漸變淡、消失。最後我想到的是，雖然不吉利，但如果死亡就是這種感覺的話，倒也還不壞。阿們、阿撒拉麻勒坤姆❽、南無阿彌陀佛。再見了，池袋。再見了，人生。

如果可以就這麼靜靜地長眠也不錯，不巧的是，這個世界不容許我這麼簡單就結束生命。一旦誕生在這世上，就會被操到最後。

雲端上的那個某某人，某些時候有點壞心眼呢。

「阿誠，阿誠。」

有人抓住我的肩，用力地搖晃。我的意識從水底急遽回到水面，像是一艘因漏水事故而陷入恐慌的潛水艇。

「不要躺在這裡，趕快起來。開店時間快到了，你還有一個鏡頭沒拍。」

業餘電影導演明廣那張有點髒的鬍子臉在大叫著。我環顧四周，連鎖咖啡店、當鋪、站著吃的蕎麥

---

❽阿拉伯文問候語，意指「真主祝福你」。

麵店、藥局，一如往常的池袋街景。由於還不到中午，來往的人不多。沒看到戴頭套的小鬼，這是當然的。久朗一臉擔心地靠近我察看，他是G少年寬人派的幹部，也是共同參與明廣這部有如玩笑般電影的演員。

「你還好吧，誠哥？你的樣子怪怪的。」

我的嘴角有股涼涼的感覺，試著用手抹了一下，原來是口水。從嘴裡流出來的液體，在連帽外套的胸部附近也留下一道痕跡。此時我總算清醒過來，同時身體也因恐懼而顫抖起來。

「……是頭套男。我被他襲擊了。」

明廣一頭霧水，但久朗似乎一聽就懂了。

「他知道這個拍片現場嗎？可是他為什麼要對誠哥……」

我對導演說：

「不好意思，能不能先拍別人的？我現在沒有那種心情。就在剛剛，我差點死掉了。」

我試著去摸被頭套小鬼的手臂勒住的脖子，完全沒有任何疼痛感，可是在失去意識之前，我有一件掛心的事。那是揭發頭套男真正身分的關鍵。

（到底是什麼……）

我當時應該是站著的，頭套男把刀子架在我的脖子上，再以「扼喉鎖頸固定技❾」把我勒得動彈不得。從那個角度可以看得到的東西是什麼？我從帆布椅上站起來，開始鉅細靡遺地調查。明廣和久朗都露出不可思議的表情看著我。

明廣打工的出租店玻璃門映入眼簾。混在《汽車總動員》與《哈利波特》的海報之中，貼著一張

《我倆沒有明天》（*Bonnie and Clyde*）的褪色海報。那的確是部好片，是在史蒂芬・史匹柏❿與喬治・盧卡斯⓫之前、好萊塢黃金時期的作品。

穿過海報與海報間的縫隙，可以看見店裡的租片櫃台。櫃台上有台小小的攝影機，顯示拍攝中的指示燈還亮著。

「就是那個！」

我一衝入店裡，攝影師、燈光與錄音三個人驚嚇地看著我，明廣和久朗也跟了進來。我抓起攝影機停止錄影，按下播放鍵。小小的液晶螢幕上，清楚地顯現窗戶那頭的街景。

我按下倒帶鍵，街上行人開始倒退著往後走。烏鴉一面展翅，一面從空中回到地面。

「你覺得它拍到什麼了嗎？那裡面只有長時間側拍的幕後花絮而已唷。」

明廣對我的舉動感到不可思議地說。我聳聳肩。

「順利的話，可以把頭套小鬼的真正身分……」

久朗叫了起來，當場小小往上跳了一下。

---

❾ choke sleeper hold：摔角中從後面勒住別人頸動脈的招式稱為sleeper hold；扼喉鎖頸固定技則是直接勒住喉頭，而非頸動脈，在職業摔角中算犯規。

❿ Steven Spielberg：美國監製、導演，一九四七年生，為一九七〇年代新好萊塢電影的代表人物。作品有《侏羅紀公園》系列電影、《藝伎回憶錄》、《搶救雷恩大兵》、《E.T.外星人》等。

⓫ George Lucas：美國監製、導演，一九四四年生，為一九七〇年代新好萊塢電影的代表人物。代表作有星際大戰、印第安納瓊斯系列電影。

「不愧是誠哥，你果然不是只有演技出眾而已。」

不是開玩笑的，我的什麼演技就跟屁一樣；和它相比，頭套男還更有價值十倍以上。我們默默地把臉貼近小小的液晶螢幕。

畫面中的我正坐在導演椅上讀劇本，一個全身穿著黑色服裝的年輕男子向我走來，看起來出乎意料地嬌小。他穿著垮褲與黑色的綁帶長靴，上身則是黑色的飛行皮夾克。

由於是從店裡拍的，所以只能看到男子的側臉，不過髮型倒是一目瞭然——大光頭，尖尖的頭型很有特徵。眼睛很細，鼻子像是被壓扁一樣，鼻尖圓圓的。雖然不是畫面裡這個人，但我總覺得曾經在哪裡看過和他長得很像的傢伙。螢幕中的我站起來，發出啪啦啪啦的聲音翻著劇本。然後我打開手機，是猴子打來的。那傢伙就站在幾步之外的地方，從口袋裡拿出頭套。

「為什麼沒注意到他呢！」

大叫的是明廣。我蓋上手機之後，開始在出租店前面踱步，迅速戴上黑色頭套的小鬼從口袋裡抽出了什麼。那是一把難以稱之為武器、跟玩具沒兩樣的小刀，充其量只能拿來拆信吧。就在他把小刀抵住我的脖子之際，同時又以左手抓住我腰間的皮帶，把我往他那邊拉過去。

那可真是了不起的蠻力，光用一隻左手臂就讓我動彈不得。我試著確認被刀子抵住的脖子後方，血已經乾了。在畫面裡，我和那傢伙講了一些話，雙方你來我往對話了幾次。下個瞬間，頭套男以右手臂纏住我的脖子，幾十秒後我就失去了意識，嘴角還一邊流出口水來。

那傢伙把我放在導演椅上坐著，把劇本放在我膝蓋上，然後輕輕打了我的臉頰，脫掉頭套。就在這個時候，我回想起那傢伙的聲音了。

（……要在這裡打造新的勢力地圖……打垮G少年、由我們接收池袋的灰色地帶……）

那聲音像是砂子撒落似的，沙沙作響。是我似乎在哪裡聽過的聲音，而且也是我在哪裡見過的長相，卻又不是直接聽到或看到的。真是麻煩的謎題呀！我在日光燈照射下、亮到不行的出租店裡思考著，搜尋著無數事件的記憶，把幾個關鍵字丟進腦中那台老舊的搜尋引擎裡。

大光頭、尖尖的頭型、沙沙的聲音、柔道的絞技、不是那麼壯的身材。

「我知道啦。」

久朗佩服地看著我。

「知道什麼？」

我邊抽出手機邊說：

「那傢伙的真正身分。千早女高中生監禁事件的主謀，從警官那裡奪走槍、最後自殺未遂的男生。」

「……成瀨。」

在池袋的小鬼之間，這個名字無人不知，無人不曉。

「可是誠哥，那人應該還在牢裡啊？」

「所以不是那傢伙的兄弟，就是親戚吧。相像到這種程度，沒有懷疑的必要了。」

我看也不看手機畫面，直接撥了電話給內戰中的國王。

代接電話的人將手機交給國王。我對他說：

「我知道頭套男的真正身分了。」

他頓了一小段時間。對於像語音導覽般冷靜的崇仔來說，這情況很少見。

「是誰？」

國王講話一向都很短。我丟了幾個關鍵字給他：

「那傢伙擅長柔道的絞技、大光頭、在池袋的小鬼間很有名……」

崇仔的頭腦畢竟比我轉得還快。

「成瀨彰。那傢伙在牢裡，那麼是他弟弟嗎？我馬上派人去查。你是怎麼知道的？」

字字句句都簡短扼要，這可是會動搖到我身為專欄作家的自信呢。

「我遇襲了，在那個拍片現場。側錄的攝影機剛好拍到了。很久沒人像這樣把我弄昏了，整個不省人事。」

電話那頭，池袋的孩子王低聲笑了。

「你還活著，太好了呢。」

我想起頭套男的話。

「他的目的有兩個，一是向我報仇，他知道自己的哥哥自殺未遂、進監牢都是我害的。另一個目的，是要將池袋小鬼的世界據為己有。」

「這樣呀。」

「因此，他才會連續襲擊寬人派的小隊。他打算藉由內鬨瓦解G少年，自己再坐享其成。」

「還不錯的計畫呢。」

崇仔的聲音冷靜得像北極的冰。

「我問你，現在可以馬上和寬人對話嗎？」

詭異的停頓又出現了。

「沒辦法吧。」

「為什麼？」

「戰爭已經開始了。G少年的兩個小隊，從昨晚到今天早上接連遇襲了。今天凌晨，寬人那裡也送來標示勢力範圍的地圖與宣戰書。」

出租店裡各種顏色的架子看起來都像是在搖晃，小鬼們的戰爭又開始了。他們那票人頭腦不夠好、血氣方剛，火一下就冒上來了。要想止住這種熱血，最好的方式就是使敵方流出更大量的血。我對著手機吼道：

「不行！戰爭非停止不可。那樣一來，等於正中頭套男與暗地裡操縱他們的組織的圈套。」

電話那頭的溫度驟降。崇仔的聲音急速冷卻下來。

「是哪裡的組織？」

我覺得很尷尬。目前還沒有任何確切的證據。

「只是從猴子那裡聽來的而已，毫無任何證據。不過把影子叫來的似乎是一個叫做丸權總業的北關東組織，以及他們旗下的子公司馬爾斯企業。我的想法是，中國黑道就派影子去對付……」

接下來就不說自明了。崇仔的聲音冷得像是浸在液態氧⓬裡頭。

「G少年，就找成瀨來對付。」

我看著劇本的一角，那裡用紅筆寫了馬爾斯企業的地址。東池袋二丁目，我把它讀了出來。

「知道了，那就二十四小時監視那裡吧。阿誠，接下來你打算怎麼辦？」

我很迷惘，應該先從哪裡著手才好呢？

「我試著再去見寬人一次。崇仔，不好意思，在那之前，能不能先別對他的小隊進行報復？先幫我控制住G少年，不要反擊。」

國王低聲笑了。

「好吧，雖然每個人都鬥志高昂。我盡量試試。」

「我和你分頭行動，找出成瀨幽靈的去向。只要找出他們，寬人的疑慮也會消除吧。這樣的話，戰爭就會結束了。」

崇仔以事不關己般的平靜聲音說道：

「會那麼順利嗎？寬人原本就是個野心家呀。那傢伙以為自己可以號令全東京的小鬼，卻完全沒發現自己的腦筋不夠好。」

崇仔的聲音很久沒讓我覺得這麼殘酷了。他是有實力的，不能讓他爆發出來。

「別這樣，崇仔。如果打垮寬人，會演變成真正的戰爭。」

國王似乎在喉嚨深處笑了。

「既然你這麼說，我就考慮一下。不過為了今後著想，還是先打垮那傢伙比較好吧。」

可怕的國王。他一時的心血來潮，流血的可是多數的平民呀。

「我會把頭套男找出來。在那之前，你就先忍耐一下。」

我用力蓋上手機，對著久朗說：

「我想立刻跟寬人見面。」

他應該聽到我和崇仔的對話了吧，久朗自己也馬上打起手機。他低聲嘀嘀咕咕說著，然後按住通話口說：

「我知道了。寬人哥很怕遇襲，目前正以車子四處移動。他會到這裡來，請你等一下。」

我點點頭，對明廣說：

「不好意思，你的攝影機借我囉，導演。」

明廣似乎毫不關心G少年的冬戰爭，也不關心頭套男的襲擊。他目光灼灼地對我說：

「借是可以借你，但那個叫什麼寬人的傢伙，個性有不有趣呢？演員不夠，我正在煩惱。」

⓬溫度在零下180℃，有助燃作用，人體接觸到會凍傷。

我想像著由G少年的第二把交椅、頭腦簡單四肢發達的寬人來演小生。

「還是不要吧。用那種演員的話，片子的水準會變差的。」

久朗蹙起一邊的眉毛，但是沒有對我的諷刺表示什麼意見。

⚜

福斯的大型運動休旅車在恰好二十分鐘後開過來，全黑的Touareg像戰車一樣堵住了池袋的狹窄巷弄。在寬人露面之前，兩名士兵先下了車，確認周邊的安全狀況。真是的，人還是不要變得太偉大比較好。像這樣不是麻煩得要命嗎？

在久朗的引導下，一身黑的軍團走進即將開始營業的出租店。明廣叫道：

「我一直想要這種畫面，請你們務必當我電影的臨演。」

寬人絲毫無視於他的存在。

「阿誠，有什麼話趕快說一說，下午我們有作戰會議要開。」

「了解。我已經知道頭套男的真正身分了，你看這個。」

我按下租片櫃台攝影機的播放鍵。我遇襲後陷入昏迷的影像，在液晶螢幕的刺眼色澤下重現。站在寬人後面的護衛小鬼們，一看見那傢伙離開前脫下頭套的那瞬間，大叫道：

「我認識這傢伙！他是成瀨優，那個成瀨彰的弟弟。」

寬人轉過頭去。

「他住在哪裡？」

寬人的士兵立正說道：

「不知道。他離開發生那起事件的千早家，聽說他的家人也四散各地了。據說是拜託親戚，跑到關西那邊去了。」

我插嘴道：

「成瀨優為了幫哥哥報仇而回到池袋，這是為了報復我，以及打垮他們同黨的G少年。」

寬人像個並沒有那麼不明事理的王子，以平靜的眼神凝視著我。

「這樣子你應該懂了吧？頭套男不是G少年。襲擊你旗下小隊的，是由成瀨優率領的團隊，和崇仔無關。他們背後有某個打算破壞池袋勢力平衡的組織在操縱。」

寬人叉著手站在那裡不動。擺出這種姿勢，讓他看起來很像美國漫畫的人偶。肌肉多到這種地步，算是件很了不起的藝術品。

「很遺憾。」

我幾乎像是在慘叫。

「什麼事情很遺憾？」

寬人撇了一下嘴唇，露出諷刺的笑容。

「時限已經過了，戰爭開始了。即使現在知道頭套小鬼的真正身分，也已經無法收手了。不論早晚，我旗下的小隊都會從崇仔身邊獨立吧！這次的事件，不過是個導火線而已。」

我幾乎是賭上性命才查出敵人的真正身分，現在卻變得毫無意義。我全身漸漸感到無力，幾乎要當場癱在地上。

「那麼，戰爭會持續下去嗎？聽說你這邊已經襲擊了G少年的兩個小隊？」

騎士漠不關心地說：

「好像有這回事吧……」

講到一半，他的手機響了，來電鈴聲是史密斯飛船（Aerosmith）的*Walk This Way*。寬人說著說著，臉色變得凝重起來。電話一掛斷，他對著我笑道：

「崇仔那裡似乎也有同樣的想法。就在剛剛，我們一個小隊Blind Dog被G少年打垮，兩人送醫。」

我覺得自己的聲音有種很拚命的感覺。

「那是崇仔無法控制的反彈舉動。他已經跟我約定盡量不出手了。」

「那種約定能相信嗎？我認為頭套軍團只是導火線而已，我和崇仔之間本來就有對決的命運。」

這次我是真的精疲力盡了，整個背都彎了下來。騎士靜靜地說：

「我和他之間，從一開始就存在著火種與仇恨了。請轉告崇仔，接下來我不會放水的。」

他頭也不回，昂首闊步地帶著軍隊離開了錄影帶出租店。明廣輕拍我的肩。

「誠哥，事情為何會變成這樣？」

我無法回答。人與人天生就是會相互憎恨。

我回到西一番街的水果行。

無論發生什麼事，唯有店裡的工作非做好不可，這就是所謂的家業。老媽渾然不知什麼冬戰爭，仍然賣著柿子、蘋果，以及裝在木箱裡的草莓。草莓的顆粒整齊得像是用模子印出來似的，雖然我並不覺得那種草莓有多好吃就是了。換我顧店時，老媽說：

「啊，對了，剛才吉岡先生來過店裡。」

吉岡是池袋警察署生活安全課的刑警，和我之間的孽緣也將近十年了吧。還好我不在家，總覺得只要看到那張臉，我的腸胃就會不舒服。

「他說了什麼？」

「叫你打電話給他。他說這是署長的命令，一定要打。阿誠，你該不是又插手了什麼奇怪的事件吧？」

我想起幾年前的短槍搶奪事件。那年夏天，成瀨彰想殺了我，當時老媽關了店，參加什麼溫泉旅行去了。我裝出天使般的笑容回答：

「哪有什麼事件，這裡很和平啊！」

老媽露出奇怪的表情，走上二樓。

用撢子清理了要賣的東西後，我窩在水果店的最裡面，一面播著《死亡之城》，一面打手機。吉岡似乎在等我電話，電話還響不到一聲，他就接了。

「怎麼回事啊，阿誠？」

頭髮稀疏的中年刑警，聲音大到像擴音器一樣。

「吵死啦！你叫我打電話，我就打給你啊！」

「那種事不重要。G少年之間發生什麼事了？昨天到今天都是一團亂。生活安全課和少年課都忙得不可開交。」

沒辦法，我只好把G少年內戰一事簡單說給他聽：國王與第二把交椅之間發生內鬨。不過關於頭套男成瀨優的事，我暫時沒說出來。吉岡以理解般的口吻說道：

「原來是這樣。那麼我們也只能暫時加強巡邏、多對小鬼們行使職權了，叫你朋友不要帶刀子什麼的上街。」

「禮哥說了什麼嗎？」

吉岡的聲音變得正經起來。他這個萬年基層刑警，對於主管似乎還是抱著尊敬的態度。但即使不是因為這樣，橫山禮一郎警視正仍是個極其優秀的人。

「署長很擔心，因為池袋的年輕人很容易動不動就熱血起來。如果你知道些什麼，一定要好好報告喔。」

他把我當成在小鬼世界裡臥底的員警嗎？雖然我曾經和警察聯手了幾次，但都只是碰巧而已。

「對了，有件事想跟你確認一下。你記得成瀨彰吧？」

苦到不能再苦的聲音又出現了。如果是回想起轄區員警遇襲、短槍被搶走的事，會這樣也是理所當然的。

「嗯，那個小鬼啊，下巴有一半飛掉了，真爽。他怎麼了？」

「他有個叫做成瀨優的弟弟，這傢伙最近似乎回到池袋這裡來了。我在想，你能不能幫忙查查看？」

又是那種苦澀的聲音。

「不要把警察當成你的手下使喚。再說，你也只是個在水果行顧店的人而已，為什麼這麼愛插手各種事件呢？」

認真跟他講話真是浪費時間。所有能夠利用的都要利用，警察也不例外。我只把情報的部分轉述給他聽。

「北關東一個叫做丸權總業的組織，似乎有意把手伸進池袋。他們在這裡的代表機構是旗下的馬爾斯企業。雖然是未經證實的情報，不過據說是他們雇用了成瀨的弟弟。」

吉岡在電話那頭慌張起來。我好整以暇地說：

「那個叫成瀨優的小鬼，變成了這次G少年戰爭的火種。」

「不好意思，阿誠，我要做筆記，你可不可以把剛才的話重複一遍？」

有刑警這樣哀求我，不論何時都很讓人開心。

那天下午，我硬要老媽接下顧店的工作，跑到千早的住宅區去。除了調查幾年前成為女高中生監禁事件舞台的成瀨家，也胡亂地在附近試著亂按對講機。

我說我是成瀨優的朋友，知不知道他搬去哪了？或是，最近聽說小優回池袋來了，知不知道他的聯絡方式？即使身為麻煩終結者，也必須進行這種一步一腳印的調查。

每一戶都是冷淡以對。這也難怪，即便只有一段時間，但是這一帶的不動產價格曾經因為那起事件急速下跌，資產減少所引發的怨恨是很深的。雖然知道不會有什麼結果，我還是想自己試試看。果然還是偶爾要動動腳才行，如果只動腦，世界會變得愈來愈狹隘。

在逐戶訪問進行到一半時，我有一種奇怪的感覺，好像有誰在看著我、跟蹤我。我想起頭套男成瀨優那一掛的人，我才不要一天被別人勒昏兩次。我選擇走人多的道路，然後迅速搭上計程車回水果行。雖然奢侈，但安全無可取代。我每年平均只搭兩次計程車吧，對我來說算是相當少見。

我又回來當個微不足道的店員了。和解決事件相比，這份工作實在很適合我。聽著喜歡的ＣＤ，偶爾和客人互動一下，享受心情放鬆的時光。既可以賺錢，又可以好好地思考。

進入十二月，西一番街也有了聖誕氣氛。街燈上掛著聖誕花圈，聖誕歌曲像甜膩的驟雨般降臨。雖然很在意小鬼們冬戰爭的最新狀況，但是只要待在店裡，我就完全感受不到那種事了。

我想到人類的不可思議。再怎麼你爭我奪，人類都只是過客而已，對這個世界連擦傷都無法造成。天空還是天空，雲朵也還是雲朵；就連滾動的石頭，也不會因為G少年誰勝誰負而有任何改變。管你是什麼政黨或大企業，全部都一樣。我們每個人都是過客。有一天我們會死去，再無任何煩心之事，好人或壞人都一樣。我覺得這樣的事實是很大的救贖。

下午五點，天空已經完全染上了夜色。保時捷的Cayenne停在我們店門口，是G少年的公用車。一個在集會時見過面的小鬼，從車窗裡探頭出來。不知為何，他只在其中一隻耳朵戴上銀色耳環，而且還戴了四個，最近小鬼的時尚品味有些讓人摸不著頭緒的地方。

「誠哥，國王要我傳話。他希望你坐上這輛車，馬上過去。」

我的視線看向在店裡觀賞主婦新聞節目的老媽。在池袋，國王和老媽的命令都要絕對服從。老媽的眼睛沒離開電視，說道：

「把那邊的香瓜帶去給他吧。街上已經在傳了，阿崇現在正面臨大問題，對吧？你不是他的好朋友嗎？快去幫忙！」

我在兩邊腋下夾著賣剩的香瓜，坐進Cayenne車裡。嗯，老媽並不是為了引人注目，才經常去池袋演藝場的；上了年紀的人都喜歡看一些關於人情溫暖的故事。

六分鐘後，Cayenne抵達東池袋二丁目。經過太陽城與Urbannet大樓、再過了春日通後，就是寧靜的商業區了。這裡沒什麼高樓，七、八層樓的辦公建築優雅地排列著。

保時捷停在一家沒聽過的連鎖居酒屋前。掛滿耳環的司機說：

「國王在上面等你。」

「知道了。」

我點了頭，跳下底盤很高的運動休旅車。我看向道路對面，那裡蓋著一棟什麼也沒有的水泥與玻璃建築，懸掛的招牌寫著「馬爾斯企業」，似乎使用了一樓和二樓。玻璃自動門前站著兩個讓人覺得不可思議的人，兩個男的都打著領帶，卻是看起來很不正經的灰色地帶居民。

我爬上通往居酒屋的樓梯，紅色的化學纖維地毯全是汙漬，好久沒看到這種地毯了。一打開拉門走進店裡，所有店員都以最大音量向我大吼：「歡迎光臨！」拜託一下好不好，我可不會這樣就自滿。

國王坐在可以向下看見馬爾斯企業的窗邊座位上，優雅地揮著手。我在塑膠座椅坐下之後，他說：

「那邊的情況怪怪的。」

他把筆記本推到我面前，上頭寫滿潦草的「正」字。

「這是什麼啊？」

崇仔看向對面一個沒見過的小鬼。

「博次他統計的進出人數。早上本來沒什麼，一到傍晚進出人數突然增加。」

我也注視著馬爾斯的自動門，四個男的出來了。這些男人以頗為銳利的眼神環顧四周，成群結隊朝車站的方向走去。崇仔的聲音像是在做實驗，相當冷靜。

「馬爾斯這些男的在警戒著什麼。那扇門前的警衛，也是到了傍晚才派的。」

完全不懂這是什麼意思。我拿出電話，崇仔按住我的手。

「如果你要找猴子，我不久前才和他談過。據他所知，羽澤組、豐島開發或京極會似乎都沒有動作。」

「這樣的話，為什麼他們會那麼緊張？」

崇仔露出冰點以下的笑容。那是女人們為之傾倒、手下的男人們會因恐懼而顫抖的笑容。

「我也不知道。為什麼雇用了成瀨優、恣意在池袋亂搞的馬爾斯會怕成那樣？原因不明。不過似乎是有什麼奇怪的力量，在我們不知道的地方開始發揮作用了。」

我決定試著把這次事件的玩家全列舉出來。

「不是池袋的三大勢力。」

「沒錯。」

「當然也不是警察。」

國王落落大方地點了頭。光是這個動作，就讓人想單膝向他下跪。

「不是G少年，也不是寬人那一派。」

崇仔點頭。是的，主人。

「那就只剩下戴頭套的成瀨優那群人，以及那個……」

「沒錯，就只有『影子』了。」

我的喉嚨渴到不行，看到眼前不知道是誰的烏龍茶，拿起來就咕嚕咕嚕喝掉一半。桌面的空氣為之凍結，小鬼們誠惶誠恐地凝視著崇仔。我似乎是拿到國王的杯子了。崇仔不以為意地說：

「可是這樣的話，狀況就變得很奇怪了。」

由於太麻煩，我把剩下的烏龍茶也全喝了，擦擦嘴之後才說：

「雇用成瀨優那群人的是馬爾斯，叫來影子的也是馬爾斯。不知道他們為什麼會起摩擦。」

「沒錯。阿誠，目前我差不多將G少年安撫下來了。不過因為寬人那種個性，樹敵很多。對於幾個我力有未逮的小隊，我就不知道他們會採取什麼手段了。」

這間居酒屋充斥著「歡迎光臨」的噪音，吵到不行。

「連你都沒辦法完全停止戰爭？」

「可以的話，我也希望小鬼之間的戰爭可以停止，並且給引發這種事態的馬爾斯與成瀨優他們應得的懲罰。」

「影子那邊呢？」

崇仔思考了一陣子。這傢伙的腦子轉得超快，才幾秒鐘的時間也算是「一陣子」。

「影子就像玻璃刀一樣無色透明，誰都可以用。雖然危險，只不過是單純的道具而已。放了那傢伙也沒差吧，而且他也比成瀨優厲害得多，我曾經聽過幾則傳言。」

說到傳言，我也聽過一些。在我們都還是高工的善良學生時，池袋的兩個中型組織發生磨擦。組織的大頭都知道相互爭鬥很傷財，因此不會採取那種爭得你死我活的殲滅戰。黑道的邏輯雖然稍微偏離法律，卻有經濟概念。然而那時雙方都同屬一個頂頭組織，因此演變為骨肉相殘之爭。人類一旦執著，就會做傻事。

其中一個組織在衰敗到快要完蛋時，集合剩餘的資金，找來了影子。對方是個大約有三十名成員的中型黑道組織，影子只花了十天左右，就把對方打到完全無法再戰鬥。從最基層負責下手殺人的到組織的最頂層，都被擺平得乾乾淨淨。當時的酬勞據傳可能高達九位數。

「接下來，你打算怎麼辦？」

對於我的問題，國王撇著嘴回答：

「設法防止戰爭擴大。找出成瀨優，弄清他與馬爾斯之間的關係，然後與寬人和解。順序就照這樣，可以吧？」

「可是國王……」

坐在崇仔對面的G少年幹部說：

「寬人那傢伙很得意忘形。如果就這樣讓他回來，對其他成員無法交代。我認為應該予以嚴厲處置。」

我想起那個頭腦簡單、四肢發達的騎士。全東京的小鬼都任那種傻瓜指揮，誰受得了。

「雖然我不是G少年成員，也贊成剛才的意見。別把寬人放在身邊比較好，你會在睡覺時突然被他割斷脖子喔。」

崇仔稍微瞄了我一眼。

「我就當成參考意見先聽進去。阿誠，你繼續幫我追查成瀨優的去向。」

「知道了，雖然目前的線索還是零。」

「警察那裡沒有什麼消息嗎？」

我默默點頭。吉岡沒打電話來。只過了兩天，應該也沒辦法馬上知道什麼吧。千早的事件已經是好幾年前發生的了，而且成瀨優只是未成年犯的弟弟而已。崇仔露出奇怪的表情，一直凝視著我。他的表情漸漸開朗了起來，像是晨間的太陽照到了冰山。

「你曾經說過，自己是成瀨優復仇的主要目標，對吧？」

我點點頭。他的哥哥成瀨彰是被我逮到的。

「一開始的目的，就比較偏向個人的復仇，並非為了搶奪G少年的領土。」

「那種像蛇一樣的傢伙，想法本來就很難懂，但大概是這樣沒錯。」

崇仔微微一笑。這次是冰山上出現了彩虹。

「既然這樣，問題就簡單了。」

「什麼意思？」

國王環視著包廂裡的幹部。

「只要看好阿誠就可以了，成瀨優一定會來找他。我們就守株待兔，把他關進籠子裡就行。唔，在那之前，阿誠可能要先受點苦吧。」

所有人的視線集中在我身上。我總覺得在成瀨彰的事件時，自己也曾經被這樣注視過。懂得表演特技的熊貓，就會飽嘗這種視線。那是我穿著防彈背心、等在西口公園當誘餌時的事，雖然地點不是居酒屋，而是池袋警察署的會議室。我嘆了口氣說道：

「我再當一次誘餌總行了吧。」

崇仔笑了，拍拍我的肩。

「對於瘋狂到某種程度的小鬼，你應該是他們最喜歡的東西吧。」

我略微發出禮貌性的笑聲，走出包廂，從國王面前退席。

◆

回家的路上，我請他們把保時捷停在西口公園旁。

還不到晚餐時間。副都心的公園裡，有無數不知道在做什麼的人。這麼多人在這裡，我應該不會突然遇襲吧？我想試著獨處，思考一下。

要當成瀨優的誘餌也沒關係，但是這次事件的不確定因素太多了。不知道影子會採取什麼樣的行動，也不知道寬人下一步會怎麼出招。成瀨優身處何方，也完全沒有頭緒。他應該從哥哥成瀨彰那裡，聽說過我如何運用G少年找到他們的藏身處。我並不認為可以那麼輕易抓到他的尾巴。

但人類永遠不是孤單一人。或許應該說，基於某種盤算而採取行動的，不是只有自己而已。即使是再不怎樣的配角，說得誇張點，也都有志氣；他們擁有無法撼動的自尊，以及希望絕對遵守的風格。當時我完全沒想到會發生這種事。

影子來找我談。

◆

「你就是真島誠嗎？」

那個男子有著一副看不出年齡的長相。身材不是那麼高，大概比我矮幾公分吧。他穿著全套海軍藍運動衫，臉很尖，鼻子、下巴和耳朵也都尖尖的，就像搞笑漫畫裡會出現的惡魔。他雖然不高，兩隻手卻很長，垂著雙手自然地站在那兒，明明只是這樣，周圍卻給人一種光線變弱的感覺，連照到他身上的街燈都會自動閃避。

「是我沒錯。你是？」

他咧嘴一笑。總覺得在我回答之前，他就已經知道答案了。

「我沒有名字，很多人叫我影子。」

我緩緩吐了口氣。

「這樣的高手找我有什麼事？這麼多人在這裡，我想你應該做不出什麼危險的事來吧？」

他那張黝黑的臉緩緩笑了一聲。

「你怎麼會那樣想？我也可以在幾秒鐘之內幹掉你，把屍體丟在這兒離開呀。」

從他周邊的空氣感覺得出來那不是開玩笑，也不是在逞強。有必要的話，他會那麼做。想必從以前到現在，他都是這麼幹的吧。我固然發著抖，聲音卻出乎意料的平順。

「如果你要動手，應該早就動手了吧，根本沒必要和我打招呼。」

影子淺淺一笑。

「你似乎比馬爾斯的男人還有膽量得多呢。」

我不由得忘了恐懼。

「到底是怎麼回事？馬爾斯從今天傍晚開始，就採取嚴密的警戒態勢。」

影子好像小小嘆了口氣般，發出短促的聲音笑了。

「我看不慣他們的做法，和他們分道揚鑣了。」

真是敗給他了。未來會怎麼發展，我完全無法解讀。自暴自棄之下，我對影子說：

「不要一直站在那裡，要不要也坐下來？我不會叫警察，也不打算通知G少年。」

影子點個頭，輕輕在我右手邊的鋼管椅坐下。我身體的右半邊有一種進了冷凍庫的感覺。從他身上吹過來的風，和崇仔很像。

影子對我說：

「我只是在執行工作而已。因為是工作，我希望盡可能做出高品質、自己又滿意的成果，因此我需要最大程度的自由。我至今就是這樣逐一完成工作的。你聽過別人對我的評價吧？」

這個問題就像在問「你知道千圓鈔票是誰印的嗎」。

「我知道啊。雖然賺得不多，我也是一個人工作。」

「既然這樣，你應該能夠理解，評價對一個人工作有多重要。」

無法宣傳，也無法陳述自己的想法，別人是根據外界對你的評價前來委託工作。影子的說法言之成理。

「我能理解呀。你的評價因為馬爾斯而受損了。對此你忍無可忍。」

影子看著我的眼神像是在讚美頭腦不好的學生。

「沒錯，馬爾斯太侮辱我了。他們雇了一個叫成瀨優的男子襲擊不良少年，再放出風聲說是我幹的。或許他們以為，既然已經委託我執行中國人那件案子，那麼把我的名字借去用用應該沒什麼。不過這種想法真是大錯特錯。」

坐在我身旁這個中等身材的男子，身體彷彿鼓了起來似的。這個人體兵器相當生氣。

「我的評價，就代表我本人。他們傷害了我的評價，理所當然非受懲罰不可。」

我偷瞄了一下影子的側臉，似乎完全不帶情感。他懲罰雇用他的黑道子公司，就像「星期一之後就是星期二」一樣理所當然。獨自一人、赤手空拳的男子。

「所以，你打倒了幾個馬爾斯的成員？」

影子緩緩地笑了。

「幾個幹部吧。名片上寫著『董事』的人，全被我撂倒。」

我幾乎要吹起口哨來了，敵人的敵人就是夥伴。這麼一來，組織一定已經嚇到腿軟了吧。

「不過還有沒解決的。成瀨優，冒用我名義的傢伙，非得付出代價不可。我聽說你很擅長找人。」

就連影子所處的那種世界，我的名字也傳遍了是嗎？這可是我的榮幸。不過很可惜，我是個謙虛的人。

「沒那麼厲害啦。畢竟，我連成瀨優的尾巴都還沒逮到。」

影子在昏暗的公園裡點點頭。

「我可以幫阿誠解決一個問題。只要你找出成瀨優，我就幫你除掉他。」

坐在惡魔身旁的我，腦中浮現一個邪惡的點子。

「沒問題，但還有另一個人我也希望你給點懲罰。你聽我說。」

影子興致勃勃地凝視著我。一毛也沒付，就向他提出這種委託的人，除了我之外一定別無他人。

❦

我向他說明自己與成瀨兄弟之間的來龍去脈。

哥哥成瀨彰因為我而進了監獄，弟弟成瀨優燃起復仇之火。只要和我一起行動，不久成瀨優就會出現。影子似乎覺得很有趣。

「不錯，相當不錯。」

因此，我提出了交換條件。

「我會把成瀨優交給你。但相對的，希望你幫忙收拾一個人。」

於是我將池袋灰色地帶的事告訴他，也說了G少年冬戰爭的事，包括國王安藤崇與反叛軍的騎士寬人。再這麼下去，G少年會分崩離析，這裡的勢力也會失衡。那樣一來，就正中馬爾斯下懷了。

「原來如此。」

「我和你沒有任何關係。如果你是認真要懲罰一下成瀨優的話，也要請你幫我做一件工作。」

他的回答簡單得讓人掃興。

「知道了，應該可以吧。明天我再來找你。」

他就像一個任何願望都會幫你實現的神燈巨人，從長椅上起身，彷彿整個人融化在石板路上般消失了。

總覺得半信半疑。我在最後一班電車開走之後，關了店門。崇仔打電話來的時候，我打算洗澡，正在刷牙。

「阿誠，你到底做了什麼？」

「等我一下。」

我趕緊漱了口，定神接聽手機。

「到底發生什麼事了，崇仔？」

「我才要問你這個問題吧？寬人被撂倒了，右膝遭到破壞，短期內似乎很難出院。各種傳言此起彼落，有人說是我幹的，但那個時候G少年正在集會。」

我大吃一驚。才幾個小時的時間，影子就履行了承諾。現在正在戰爭期間，寬人身邊應該採取了嚴密的護衛措施才對。不愧是高手中的高手，兩三下就潛進防護網、打倒了寬人，讓他脫離戰線幾個月，就受傷的程度而言也是恰到好處。我告訴國王，在西口公園碰到了影子。他以一種我受不了的聲音說道：

「只因為臨時起意，就叫他去襲擊寬人是嗎？雖然現在是敵人，但那傢伙過去可是G少年幹部耶。」

「可是沒辦法啊，我很討厭戰爭。如果排除掉那傢伙，就連休戰也會變得簡單得多。由我這邊來放出風聲吧，說那是影子幹的。這樣的話，G少年和寬人派或許會再次聯合起來，對付馬爾斯。」

崇仔的聲音一如往常冷淡。

「阿誠，你偶爾也會不擇手段猛衝呢。我知道了，今天晚上開始，我會試著停止戰爭。首先，明天早上我會去寬人住的醫院慰問一下。」

我說「這樣很好」，就掛了電話。當晚我一直無法入睡，在想影子的事。他是個危險男子，就像可以在精確位置爆炸的巡弋飛彈一樣。想運用他的力量，絕對不能搞錯方法。

過了上午十點，我如常開店。

鐵捲門快速上升後，就看見崇仔靠在欄杆上。一大早就看到他這麼高貴的模樣，我很驚訝。他穿著全套愛迪達白色運動外衣，是由史黛拉・麥卡尼⓭所設計的國王戰鬥服。

「你很慢耶。」

⓭ Stella McCartney：一九七二年生，披頭四樂團成員保羅・麥卡尼的掌上明珠，曾與愛迪達等品牌合作的時裝設計師，也是位積極的環保主義者。

國王身邊原本應該會有保鑣守著才對。我確認了一下，一個人影也沒有。

「你那些隨從呢？」

國王搖搖頭。

「沒來，只有我一個人來當你的保鑣。寬人垮了，戰爭休止，寬人派內部似乎也嚇到不行。他們心想，與G少年為敵，還能在池袋生存下去嗎？」

「是哦。」

我一面把水果擺在店門口的平台上，一面回答。崇仔得意洋洋地說：

「所以我會暫時單獨行動，和你一起等成瀨優。」

「你說什麼？」

崇仔露出若無其事的表情交叉雙手。

「這樣你還不懂啊？當誘餌的阿誠，就由我來守護啊。」

我環顧西一番街。總覺得剛才那瞬間，影子也在看著我。他一定會再來找我才對，他已經先幫我完成了工作，一定會要求報酬。

「受不了你耶。」

國王的表情相當游刃有餘。畢竟，才剛開始不久的冬戰爭，已經在犧牲者降到最低限度的狀況下結束了，他會這樣也是理所當然。對崇仔來說，什麼成瀨優只能算是甜點般的東西而已。

「受不了我什麼？」

「我不是說，我已經把成瀨優送給影子了嗎？如果你在這裡，會變成兩人互搶獵物。」

崇仔笑得像切得薄薄的冰塊。那是冰冷且透明，透明到可以看穿過去的笑容。

「那有什麼關係？關於影子的傳言我也聽到煩了。可以的話，我還想和他交手看看呢。」

真有勇氣的國王。不過實際和影子碰過面的我，就絕對不會這麼想。

交給老媽顧店之後，我和崇仔兩人朝著明廣的出租店走去。就連在池袋，十二月上午的空氣都是冰冷且澄澈的，可以替我們的肺部降溫。在常盤通上筆直前行，穿過郵局前的路口。至少小鬼的戰爭已經結束，因此我的步伐也輕鬆起來。

我們走進池袋二丁目的風化區。中午之前，這附近像是大半夜。所有店家都悄悄關上霓虹燈、拉下鐵捲門，也幾乎沒什麼路過的人。為了抄捷徑去出租店，我們走進建築物間的狹窄小巷。背後有人出聲了。

「你就是真島誠，他就是國王安藤崇嗎？」

回頭一看，站著三個戴頭套的男子。我確認了一下身材，雖然不是很確定，但是成瀨優似乎不在裡頭。最高的男子以帶著笑意的聲音說：

「我們老大出馬會造成騷動，所以就由我們稍微陪你玩玩，看看你是什麼樣的貨色。」

三人就這麼快步朝我們走來。崇仔手也不抬，只是站著而已。

「你退後。」

他以一如往常的聲音說完這句話，往前跨了一步。即使站在他身後，我也知道他在微笑，因為這種狀況實在讓他開心到不行。同時，我身旁有團黑黑的東西迅速掠過眼角。是影子，他與崇仔並肩而立。

「你就是安藤崇嗎？我聽過你的傳言。」

影子的聲音也帶有一種游刃有餘的閒適感。

「一個交給我，兩個交給你。讓我看看你的實力吧。」

其中一個頭套小鬼從懷裡抽出特殊警棍。它發出金屬聲，伸到最長。剛才那個男的叫道：

「你們在嘀嘀咕咕講些什麼！什麼兩個交給你，少開玩笑！」

一身黑的三個人衝了過來。崇仔對我說：

「你幫我叫G少年的車子來。我要帶走這幾個人。」

「知道了。」

我拿出手機的動作，和雙方的第一類接觸同時發生。接下來發生的事，快到彷彿眨個眼就會看漏一樣。影子朝揮舞著特殊警棍的小鬼攻擊。在他把金屬棒往下揮之前，影子的右拳早已筆直地擊中他的心臟，看起來像是輕輕碰了一下就收拳了。可是光是這樣，微胖的男子已經無法動彈，警棍也保持著舉在頭上的姿勢。影子朝著他的鼻子下方送出銳利的左刺拳，男子當場崩潰倒地。

崇仔身旁是兩個頭套小鬼。其中一人打算從低空抓他的腳，上前擒抱；另一人似乎是負責攻擊的，擺出拳擊的架勢。這兩人似乎始終都是一組的，合作無間。在拳擊手做出假動作的同時，另一個人就出手擒抱。

「危險！」

我不由得叫了出來。影子雙手交叉，觀察著崇仔。國王沒有任何多餘的動作，只抽起對方瞄準的左腳，拳頭則揮向他的後腦。一記漂亮的反擊，讓男子像青蛙一樣張開四肢倒地。

高個子的拳擊手一看到，猛然衝了過來。他夾雜著假動作，搖晃身子縮短距離靠近。崇仔看得很精準，所有實拳都被他在千鈞一髮之際閃過了。

影子覺得無聊地說：

「都被看穿了，不要再玩了啦。」

這句話似乎激怒了原本是三人帶頭者的拳擊手。他的右拳大動作一揮，是很容易閃躲的一拳。崇仔把身體靠過去，一記右勾拳擊中男子的太陽穴。這個男的也是右手停在半空中，就當場頹然坐下了。動作進行到一半，將訊號傳送到身體的大腦迴路就斷線了。

「真有意思，你是在哪裡學到這身功夫的？」

池袋的孩子王回頭微微一笑。

「在街頭。」

影子的手摸著下巴說著：

「唔，我想也是。技術雖然可以設法磨練，然而判斷力與速度卻是與生俱來的。你應該擁有天生的才能吧。」

話一說完，他就消失在巷子深處。

我們把三個頭套男丟在G少年的運動休旅車裡，雙手雙腳以塑膠繩綁住。掀起他們的頭套確認，成瀨優果然不在裡頭。崇仔對司機說：

「逼問他們成瀨優的藏身之處。」

「是，國王。」

我決定不去想G少年是怎麼逼問的。遭頭套軍團打垮的寬人派小鬼，想必滿懷怒氣吧。Cayenne開走之後，崇仔說：

「好了，就請誘餌再多閒晃一下吧。」

我聳聳肩，在風化區裡走了起來。某家色情按摩店的少爺，從地下室把看板拿到路上。照片裡是個女性雜誌的人氣封面人物，一個不知道叫小蝦還是小蟹的女孩⓮。六十分鐘八千圓，這價錢算是貴還是便宜呢？對於不知道行情的我來說，完全無從判斷。

那天的拍攝工作進行得很順利。

令我訝異的是，明廣為了崇仔當場寫了新台詞。崇仔不費吹灰之力扮演了池袋國王的角色，演技的水準之高，完全不是我拍第一個畫面時比得上的。國王結束首次的電影演出後，我遞給他一罐瓶裝水。

「你很有天分呢，崇仔。」

他滿不在乎地說：

「這就是你所謂演到快死掉的戲嗎？」

雖然很不甘心，我還是無可奈何地點了頭。崇仔冷靜地說：

「之所以覺得難演，應該是因為你在戲裡裝得比平常還要來得優秀吧？你的虛榮心太強囉，阿誠。」

你應該也能理解，我是如何強忍著，才能不對崇仔出拳的吧。

那天出租店公休，所以我們拍了夜間場景。暫且關上店門後，我們又集合在一起。崇仔那裡有幹部打來了，說是逼問不出來。考慮到會有類似的風險，頭套軍團的成員都是獨自過生活的。不知道的東西也就回答不出來，不過成瀨優再怎麼厲害，團隊成員有三人失聯，應該也會焦急起來吧。

拍電影實在是很花時間的事情。原本應該在凌晨一點開拍的場景，實際上到了兩點半才開始。花了大約三十分鐘，總算拍好很短的一幕，再來則是用餐休息時間。傳來自動門打開的聲音，大概是工作人員去附近的便利商店買飯糰什麼的吧。

⓮出身自知名時尚誌*CanCam*的名模蛯原友里（Ebihara Yuri）綽號就叫「小蝦」（Ebi Chan）。

明廣打工的出租店有很多如同電影迷般的收藏，評價很好。有黑白的日本電影、法國或德國名作，亞洲的部分如中國、韓國、台灣、泰國、越南片也一應俱全。由於店裡並不大，隔著一條僅容一人勉強通過的走道，就是縱橫交錯的鋼質置片架。

紅色布簾裡頭，是該店最大收益來源的成人影片區。光是那一區，就占了中央約四疊半榻榻米大的空間。我和崇仔就在幾百名AV女優乳房的包圍下享用宵夜——幾杯豬肉味噌湯以及幾個飯糰。即使是這樣的東西，半夜吃起來也會覺得相當美味。

「你給我站住！」

店門口的方向，傳來了明廣慌張的聲音。

砂子撒落的聲音，是成瀨優。我和崇仔放下食物，站了起來。成瀨優與另一個男的掀開紅色布簾出現，他們已經不戴頭套了。

「真島誠在嗎？」

「都是你害我吃了大苦頭。三個夥伴消失了，馬爾斯也嚇得腿軟，中止了對我們的支援。」

我很想說「不是我害的」。這次事件的幕後主角，當然是那位「影子」。成瀨優交叉雙手，看著崇仔。

「你就是池袋的國王嗎？我原本還在想你是什麼樣的男人，但似乎不怎麼樣。那就讓我先來解決看起來比較有骨氣的你吧。」

成瀨優迅速放低重心、雙手前伸。這是介於柔道與摔角的姿勢。

影子的聲音。他是從哪裡冒出來的呢？布簾連動都沒動。成瀨優的搭擋一看到影子就開始發抖，他

「等等。」

似乎很清楚這個男的有多危險。

「你就是成瀨優吧。盜用我的名義，你以為會沒事嗎？」

成瀨優看向搭擋，點點頭。發抖的男子從腰帶取出小型黑色左輪手槍，對準影子。成瀨優的聲音聽

起來游刃有餘。

「任憑你影子再怎麼厲害，在這麼短的距離內被槍口對準，也是動彈不得吧。我要打倒那邊的國

王，因為下一任國王就是由我來當。聽好了，你們可都別出手啊。」

明明面對黑色的槍口，影子卻顯得很愜意。他雙手叉在胸前說道：

「那就這樣吧。崇仔，那個小鬼就送你了。」

我第一次看到崇仔擺出架勢。這個國王過去碰到任何強敵，都只是自然而然地站立而已。面對一抓

住你就破壞你關節與肌腱的綜合格鬥技，要如何以與生俱來的速度因應呢？紅色布簾的那頭，明廣拿著

攝影機對準了這裡。

成瀨優的身體上下左右舞動，幾度做出假動作。每做一次，崇仔也小心翼翼地因應。雙方似乎都一

面掌握著身體裡的節奏，一面瞄準對方的可乘之機，像是兩隻毒蟲的死亡之舞。

成瀨優的腳步漸漸變快了。不只是身體而已，頭部也跟著微微晃動，不讓對方瞄準。我在心中計算著成瀨優動作的節奏，確實速度快且很有彈性，不過成瀨優的動作有一定的節奏。相較之下，崇仔的動作沒有固定節奏，感覺有些不靈巧、生硬且不規律。這樣真的沒問題嗎？我看著影子。他對著我淺淺一笑，點了頭。

勝負就在一瞬間。

成瀨優的光頭揮汗如雨，做了三、四次的假動作。他的速度又變得更快了。他假裝要抓崇仔的手臂，結果低空去擒抱崇仔的右膝。崇仔沒有閃避，維持著原姿勢，筆直往前送出左拳。那記無影的左刺拳，看起來像是只碰到下巴尖端就收回了。

不過光是那一擊，成瀨優的雙眼就頓時失去光采。他抱著崇仔的腳，往下滑到地板上。

影子說：

「正確答案。」

下一瞬間，影子動了。他的手伸向另一個男子，從上方抓住左輪手槍的槍身。他以剩下的左手使出崇仔剛剛才使過、如出一轍的無影左刺拳；削過下巴後，拳頭正確地以相同速度收回，就像在播放同一捲錄影帶。男子像是斷了線的傀儡，當場倒地，他在倒地的瞬間已經失去意識了。奪走手槍的影子轉向崇仔的方向。

「很有意思嘛。你從一開始就只瞄準他的下巴而已。在武術當中，如果要最快速切斷對方的意識，一般認為正中下巴的直刺拳是最有效的一種技巧。因為根據槓桿原理，這一招可以猛搖對方的腦，不過能夠正確命中移動目標的技術、勝過對手數倍的速度，以及對方預測不出的動作節奏均缺一不可。這一行我做十年了，三者兼具的人，包括我在內只有兩個人。你是第三個。」

崇仔露出神色自若的表情。

「謝謝，不過我只是在書裡讀過這種東西。試了之後，剛好成功而已。」

影子毫不掩飾地笑了。他把槍放在置片架上，彷彿它是很髒的東西一樣。

「如果哪天你想到黑暗世界來工作的話，可以和我聯絡。你一定可以把工作做得很好。」

對影子來說，這似乎是最大的讚賞了。他掀開紅色布簾，離開了A片區。

「借我一下。」

走到一半，他也沒有忘記要收回拍到自己長相的帶子。明廣當然乖乖把帶子交給他了。看到剛才的景象，我並不認為還有誰膽敢抵抗影子。

寬人派的大和疾風、π、Excelsior等三個小隊，隔天去向池袋警察署報案。收到匿名通報後，警察火速趕往某棟公寓樓梯間，據說有五個小鬼戴著頭套、手腳被綁，倒在那裡，短槍以及用來襲擊的特殊警棍也都在那兒。五人當場遭到逮捕。

在那之後，馬爾斯企業受到池袋三大勢力嚴厲防堵。他們的事業變得難以發展、赤字連連，據說再過不久就會從這裡撤退了。唔，只要北關東的組織持續供應資金，他們應該還是可以在池袋存活下去吧。即便如此，毫無疑問也不過是苟延殘喘而已，因為他們惹到了最不該惹的組織。

明廣的電影順利地拍完了，我和國王安藤崇一起到那家錄影帶出租店參加試映會。據說這部非主流喜劇實在太有趣，一參展就獲得某大電影節提名入圍了。

「電影不是用錢拍的，而是用腦和心。我在人生的賭局中獲勝了。」

針對申請卡貸拍電影的大冒險，業餘導演在各大雜誌上是這麼說的。他還是一樣穿著那件滿是汙漬的卡其褲。

試映結束後，我和崇仔朝著西口公園走去。池袋的街道像是一處大型的聖誕節特賣會場，到處都是清一色的異教徒祭典。我們在有點暖和的十二月陽光下，坐在鋼管椅上。那是影子和我坐過的同一張長椅。

「經過那件事，你也應該了解了吧。」

國王的聲音在冷淡中帶有笑意。

「了解什麼？」

「即使戰鬥時我看起來漫不經意，其實還是在思考與控制著許多事。」

我實在聽不下去。

「是、是、是，沒有人贏得了國王啦。不過那個男的，我覺得和崇仔很像呢。」

崇仔對著我，緩緩地搖搖頭。

「你沒有看人的眼光啊，阿誠。影子和我截然不同。」

是這樣嗎？那種非常人的速度、冷漠，以及在最糟的狀況下還能享受的堅毅。如果有人說他們的靈魂是兄弟，我也不會吃驚吧。池袋的國王說：

「我有朋友陪我跳入火坑，那傢伙卻總是孤單一人。你聽好，阿誠，這一點可比你想像的重要得多啦。」

崇仔笑了。即使是發自內心的笑容，由他做出來畢竟還是很酷。雖然我很想給他一個貼心的回答，卻錯失了時機。因為國王向我伸出了右手，我們就在冬季的公園裡緊緊握手。冷風陣陣地吹，天空裡有淡淡的雲朵。

關於我和崇仔握手的事，你一定要幫我保密哦。

因為如果他的女粉絲跑來刺殺我，那可就傷腦筋囉。

石田衣良系列 9

G少年冬戰爭：池袋西口公園 7
Gボーイズ冬戦争 池袋ウエストゲートパーク7

作者　石田衣良（Ishida Ira）
譯者　江裕真
總編輯　陳郁馨
主編　張立雯
協力編輯　鄭功杰
封面設計　白日設計
排版　極翔企業有限公司

社長　郭重興
發行人兼出版總監　曾大福
出版　木馬文化事業股份有限公司
發行　遠足文化事業股份有限公司
地址 231新北市新店區民權路108之4號8樓
電話 02-2218-1417　傳真 02-8667-1891
email: service@bookrep.com.tw
郵撥帳號 19588272 木馬文化事業股份有限公司
客服專線 0800221029
法律顧問　華洋國際專利商標事務所 蘇文生 律師
印刷　成陽印刷股份有限公司
二版1刷　2016年9月
定價　新台幣250元

ISBN 978-986-359-290-7

國家圖書館出版品預行編目(CIP)資料

G少年冬戰爭：池袋西口公園. 7 / 石田衣良著；江裕真譯. -- 二版. -- 新北市：木馬文化出版：遠足文化發行, 2016.09
面；　公分. --（石田衣良系列；9）
譯自：Gボーイズ冬戦争：池袋ウエストゲートパーク. 7
ISBN 978-986-359-290-7（平裝）

861.57　　105013578